KB176758

서른아홉에 폐경이라니

카를라 로마고사 지음
성초림 옮김

# 서른아홉에 폐경이라니

딜레르

# 차례

# 폐경은 새로운 문이 열리는 순간

카를라를 처음 만난 건 진료실에서였다. 카를라는 몸의 균형을 회복할 방법을 찾으러 병원을 방문했다. 폐경은 너무 일찍 카를라를 찾아왔고, 파괴적인 힘으로 그녀의 몸과 마음을 뒤흔들던 참이었다. 당시 카를라에게 폐경은 친구는커녕 사형 집행인에 가까웠다.

첫 만남으로부터 몇 달 후 카를라는 진료가 아니라 사적인 만남을 청해 왔다. 이미 윤곽이 잡혀 가고 있던 자신의 책을 내게 소개하고 의학적 조언을 구하기 위해서였다. 이후로 몇 번 더 만나기도 하고 메일도 주고받으며 서로 아이디어와 의견을 나누었다. 카를라는 이제 막 시작한 영양학 석사 과정 수련 지도교수를 맡아 달라는 부탁도 했다. 학생으로서 카를라는 자발적이고 열성적으로

학업에 임했다. 카를라가 얼마나 열정이 넘치는 사람인지 서서히 알아 가고 있었기 때문에 그다지 놀라운 일도 아니었다. 인문학적 치료법이나 통합 의학, 그리고 인디 음악과 좋은 레드 와인에 대해 서로의 열정을 함께 나누며 우리는 좋은 친구가 되었다.

《서른아홉에 폐경이라니》의 초고를 읽고 나는 감동을 받아 웃고 울었다. 무엇보다 이토록 발칙하고 유머와 사랑이 넘치는 프로젝트의 일원이 된 것에 정말 기뻤다.

폐경이란 뭘까? 폐경은 여성의 생식기관(난소)이 여성 호르몬(에스트로겐)의 생산을 멈추는 일련의 자연스러운 과정이다. 진단은 생화학적으로 이루어지는데, 뇌하수체 호르몬 LH(Luteinizing Hormone, 황체형성 호르몬)와 FSH(Follicle Stimulating Hormone, 난포자극호르몬)의 혈중 농도가 상당히 증가하는 것이다. 평상시 난소가 성호르몬을 생산하도록 작동 신호를 보내는 역할을 하는 이 호르몬들이 난소의 기능을 유지하려고 할 때 맥박이 상승한다. 엄격히 말하자면 폐경기는 무월경이 나타나면서 시작된다.

초기 폐경기에는 일련의 신체적 변화(월경 폐지, 일과성

열감, 체중 증가, 불면증)와 심리적 변화(초조감, 우울증, 심리적 불안감, 쾌감 상실 등)를 경험하고 만성 질병을 앓기도 한다. 이러한 변화는 성호르몬 생산의 급격한 감소에 기인하며 심혈관 보호나 면역 체계 관리, 신진대사 매개 변수 개선 등과 같은 인체의 다양한 기능에 영향을 미친다.

건강 전문가들은 이 과정에 놓인 여성들에게 동반자 역할을 해야 할 책임이 있다. 그런데 간혹 신체적 변화에 더 주의를 기울인 나머지 심리적 변화를 소홀히 하는 경우가 있다. 사실 심리 쪽이 더 중요할 수도 있다. 그런데도 전문가들은 처방은 과도하게 내리면서 충분히 귀 기울여 듣지 않을 때가 있다.

호르몬 요법은 좋은 선택지 중 하나이다. 특히 조기 폐경이나 과다 징후 발현에 처방된다. 하지만 나의 개인적 경험과 과학적 근거에 따르면 식습관 변화나 운동, 덜 강력한 치료 요법(심리 치료, 요가, 마음 챙김 등)을 적용하면서 식물 요법 및 정분자 치료 요법 등으로 보완하면 많은 증상을 완화시킬 수 있다. 다시 말해 '더 많이 명상하고, 덜 투약하는' 방식이다.

심리적 측면에서 폐경은 큰 고통을 수반한다. 조기에

발현될 때 특히 심하다. 폐경은 한 시기가 저물고 새로운 시기가 열리는 것이다. 그리고 대체로 과거에 해결되지 못했던 해묵은 갈등이 이때 가면을 벗게 된다. 어쩌면 이러한 변화를 틈타 자신을 더 잘 알게 되고 자신만의 열정을 발견하거나 새로운 관계에 마음을 열게 될 수도 있다. 낡은 것은 던져 버리고 새로운 나를 세우는 것이다.

이 책은 아픔과 외로움, 두려움에 관해 말한다. 하지만 즐거움, 함께하는 기쁨과 용기에 관해서도 이야기한다. 한 여자가 매 순간 느끼는 감정, 그 감정을 받아들이는 일, 늘어난 주름살, 닭발 같은 손등과 오렌지껍질 같은 피부를 가진 자신을 사랑하는 방법에 관해, 또 다른 여자들을 사랑하는 방법, 그리고 그 두 가지 사랑이 어떻게 깊은 치유의 효과를 가져올 수 있는지도 말이다.

또한 폐경기를 둘러싼 터부에 대해서도 밝힌다. 사실 여자들은 이 시기에 겪는 신체적, 심리적 불편을 부끄러워하고 감추려 한다. 여전히 폐경이 노년으로 접어드는 신호라고 생각하는 데다가 누구도 늙는 것을 좋아하지 않는 까닭이다. 늙은 여자에 대한 사회적 거부감 역시 상황을 악화시킨다. 세상은 여자들이 젊고 날씬하기를 원한다. 하지만 이 모든 속박을 넘어 저자는 편안하고 쉬운 치유의 글쓰기를 통해 세심한 부분까지 자연스럽게 아우르며 그동안 드러나지 않았던 이야기를 하고 있다.

한쪽 문이 닫히면 다른 문이 열린다고들 한다. 상투적인 말일지 몰라도 이 책은 그 분명한 증거이다. 카를라는 자신이 산산조각 났다고 느꼈을 때 그 고통을 창조적으로 승화했다. 빛과 그림자가 뒤섞인 길을 걸어오면서, 여전히 어둠 속에 가려져 있는 것들도 있지만 그래도 몇 가지에 대해서는 해답을 얻었다. 불완전하지만 자신을 사랑하고 또 다른 여자들을 사랑하며 그들로부터 배워 나가는 것이다. 카를라는 자신이 느끼는 두려움을 인정하고 그 두려움을 안고 앞으로 나아가고 있다. 이해받지 못할 수도 있다는 위험을 무릅쓰고 자신의 열정을 보여 주고 있다. 카를라가 걸어가는 길은 자신의 마음으로 향한다.

내분비 및 영양학 전문의 이사벨 가르시아 마르틴

이제 서른아홉인데

내 남자친구가 나를 버리고 다른 여자에게로 가 버린 날, 나는 인공수정클리닉에 예약이 잡혀 있었다. 그리고 그곳에서 처음 폐경과 스치듯 마주쳤다. 폐경은 내 나이 겨우 서른아홉에 난자가 바닥나 버렸다는 사실을 알려 주었다.

폐경은 그렇게 뻔뻔할 수가 없었다. 사람들이 말하던 그대로였다. 내게도 폐경이 닥칠 거라고 말해 주는 사람이 있었다. 하지만 당시 나는 마흔도 되지 않았고 내 또래가 모두 그런 것처럼 내가 '영원불멸'이라고 믿었던 터라 그다지 신경 쓰지 않았었다. 아직 내게는 먼일이라고 생각했던 것이다. 그리고 무엇보다도 나는, 나라면, 그러니까 나는 절대 다른 여자들처럼 그렇게 폐경기를 겪지는 않을 거라고 믿었다. 아니 확신했다. 나는 정말 잘, 열심히 관리하고 있었으니까.

게다가 아직 결혼도 하지 않았는데 폐경이 들이닥치다니. 당시에는 그 점이 제일 부당하게 느껴졌다. 몇 년 되지 않아 팍삭 늙어 버리겠지. 지금은 이렇게 근사하고 멋져 보여도 머지않아 성욕이라고는 찾을 수 없는 늘어진 바다코끼리가 되어 버릴 여자를 좋아하는 남자가 어디 있을까.

그래서 나는 폐경과 친구가 되기로 했다. 이 친구를 만난 이후의 내 삶은 분명 그전과는 달라질 것이고, 성급하게 나를 찾아온 이 친구에게 분노나 원한을 품어 봐야 더 나아질 것도 없을 게 뻔했다. 분노라는 건 오래 담아 두면 기껏 암이나 될 뿐이지 않은가. 절대 좋은 게 나올 리가 없다.

폐경을 고백하다

내 친구 마르갈리다는 주름살과 친구가 되기로 결심하고 주름살 셀카를 찍은 다음 인스타그램에 사진을 올리기 시작했다. #내주름살과나, #차라리친구가되는게낫겠어 이런 해시태그를 달아서 말이다. 내가 만일 폐경에 대한 사진을 찍는다면 아마도 내 인스타그램에는 검진 기록만 가득하게 될 것이다. 그렇다고 폐경을 주변에 알리지 않기로 했다는 의미는 아니다. 난 격식을 차려 폐경을 정중하게 알렸다.

"안녕하세요, 저는 카를라라고 합니다. 사실 저는 폐경이랍니다. 잘 부탁드립니다."

폐경을 알리는 기간이나 범위도 꽤 넓게 잡았다. 하지만 내 기억으로는 대략 일 년 동안 꼭 알려야겠다고 생각했던 것보다 더 많은 사람들에게 조심스럽게 폐경을 고백했고, 기분도 나쁘지 않았다. 그러는 와중에 나는 온갖 종류의 반응을 경험하고 약간의 공감도 얻을 수 있었다.

그중 내 얼굴을 가장 화끈거리게 만드는 건 폐경이 사람들이 터부시하는 주제 그 이상이라는 걸 알게 된 일이었다. 이상할 정도로 폐경에 관해 이야기하기 싫어하는 사람들이 있었던 것이다. 어느 날 세탁소에 갔는데 느닷

폐경을 고백하다

없이 온몸에 열이 올라오기 시작했다. 베네수엘라의 카라카스에서 지진을 겪던 날 온 땅이 흔들리는 걸 느꼈을 때와 똑같았다. 당시는 "안녕하세요, 사실 저는 폐경이랍니다." 하고 다니던 시절이었으므로 세탁소 여주인에게 이야기를 털어놓았다. 진중하고 사람 좋은 세탁소 여주인은 눈이 휘둥그레졌다. 여주인의 남편이 근처에 있었지만 우리 얘기를 듣지 못한 것 같았다. 글쎄, 나는 그렇게 생각했지만 신중하기로 유명한 바스크(스페인 북부의 자치주) 사람이니 알 수 없는 노릇이었다.

- 또 이러네. 이럴 땐 숨이 탁 막히네요.
- 그게 무슨 말이야? 아직 나이도 젊은데 어쩌다가…….
- 그러게 말이에요. 아주머니는 어떠세요?
- 피곤하고, 잠도 잘 못 자. 엄청나게 먹어 대다가 또 오늘은 아무 의욕이 없기도 하고.

빙고! 세탁소 여주인도 역시. 나는 그렇게 생각했다.

- 무슨 약을 드세요?

– 나? 아니! 난 아직 아니야!

– 아하, 네네, 알겠습니다.


폐경이 터부시된다는 것을 그때 처음 알았다. 남편이 가게 밖으로 사라진 후에야 여주인이 이렇게 털어놓았기 때문이다.


– 나는 아무래도 약을 바꿔 달라고 해야겠어.

– 아, 네.


빌어먹을……. 이게 정말 비밀로 해야 하는 일이란 말인가? 이 세탁소 여주인도 나처럼 성욕이 바닥난 바다코끼리가 되었다고 느끼는 거겠지? 그런데 한 침대를 쓰는 남자에게까지 비밀로 해야 하다니, 그게 얼마나 어려운 일일지 생각해 보았다. 그리고 이런 일을 자연스럽게 받아들인다면 얼마나 많은 것들이 달라질 수 있는지도 말이다. 내게 '자연스럽다'는 것은 꼭 해야 한다고 느끼는 일을 하는 것이다. 난 다시는 세탁소 여주인과 폐경에 관해 이야기를 나누지 않았다.


폐경을 고백하다

성욕에 대해, 그리고 주변에 내 폐경을 알리는 것에 관해 이야기하다 보니 지금은 스위스에 사는 회사 동료 마리아가 생각난다. 브라질 출신의 마리아는 우리가 자주 만났을 때 쉰 살이었고 포르투갈어 억양이 들어간 프랑스어를 아주 완벽히 그리고 재미나게 구사하는 여자였다. 리우데자네이루 사람들이 늘 그렇듯 그녀도 명랑했고 브라질 사람들 특유의 유창한 말재주를 가지고 있었다.

마리아가 안면홍조로 고생하는 동안 나는 두통 때문에 골머리를 앓고 있었다. 어느 날 마리아는 내게 물약 하나를 내밀었다. 이미 서로에게 각자의 폐경을 알린 상태였으므로 별다른 설명도 없었다. 마리아는 오직 내게만 이야기를 털어놓았다. 그동안은 의사랑 이야기했다고 했다. 마리아가 털어놓은 이야기는 이랬다. 마리아에게는 돈 많은 스위스 남자 친구가 있었는데 자기에게 푹 빠져 있다고 했다. 그런데 문제는 마리아가 잠자리를 갖고 싶은 마음이 들지 않는다는 것이었다. 그래서 정말이지 고민이라고 했다.

– 정말 섹스하기 싫어, 정말. 그를 사랑하지만 욕구가 전

혀 안 생겨.

– 그래, 마리아, 너무 귀찮지.

– 아래가 다 말랐다고, 카를라, 바싹 말랐어, 싫어, 싫어.

– 에센스 오일 중에 좋은 게 있어. 마리아, 혹시 써 봤어?

– 아, 정말?

– 그래, 한번 써 봐.

– 내 담당 의사가 나한테 섹스 자주 하느냐고 묻길래 하기
　싫다고 그랬어. 그랬더니 의사가 하는 말이 "마리아, 꼭
　섹스를 해야 해, 꼭 하도록 해"라고 하더군.


내가 스위스에 산다면 마리아의 담당 의사를 찾아가
볼 것이다. 노크를 하고 들어가면 의사가 나에게 섹스는
충분히 하고 있느냐고 묻고, 아니라고 대답하면 나를 꾸
짖겠지. 생각만 해도 괜찮은 장면이다. 그렇다고 욕구가
생기지는 않겠지만 그래도 폐경은 진정될 테고, 여전히 내
가 섹시하다는 느낌이 들게 될 테니까. 그리고 한순간만
이라도 바다코끼리가 되어 버린 것만 같은 느낌이 사라
질 테니까.

폐경을 고백하다

피할 수 없는 괴로움

폐경은 나를 많이 울게 했다. 시도 때도 없이 감정의 롤러코스터에 올라타, 마치 생리 전 증후군을 겪고 있는 듯했다. 내 삶이 폐경기를 맞이했다는 사실을 받아들이고 싶지 않아서, 그리고 폐경이 내 삶을 어떻게 바꿔 놓을까 두려워하면서 울었다. 그뿐이 아니었다. 나는 나도 모르는 사이에 까칠한 사람이 되어 가고 있었다. 그리고 아주 많이 외로워졌다. 내가 상상했던 것과 전혀 다른 일들이 일어나고 있었다. 하지만 확실히 조금씩 껍질을 벗을 수 있었다. 괴로웠지만 모두 있는 그대로 겪어 내야 할 일이라고 생각했다. 어차피 피할 수 없는 괴로움이니 각자 자기 방식으로, 아니 그 이상으로 겪어 내야 한다. 나에게 최악의 상황은 지나갔다. 그래서 나는 곧 파티를 열 준비를 하고 있다.

나를 가장 힘들게 하는 것은 호르몬 대사가 느리게 진행되는 것이었다. 사람들 말로는 뇌가 몸에 계속 신호를 보내서 생리가 끊겼음에도 불구하고 생리 주기의 느낌을 그대로 느끼게 하는 거라는데, 그럴 때면 담배도 피우고 거의 폭식에 가깝도록 음식을 먹어 대기도 했다. 내가 영원불멸이라고 생각했던 때, 그리고 폐경이랑 일면식도 없

피할 수 없는 괴로움

었던 때에는 이런 게 아무런 문제가 되지 않았었다. 다소 과식을 하더라도 얼마 지나지 않아 생체 리듬이 정상을 되찾고 먹은 음식들을 알아서 처리해 줬으니까. 나에게 피할 수 없는 괴로움이란 이런 것들이다.

괴로움 1: 생리가 안 나온다. 안 나올 거야. 다시는 안 하게 될 거야.

괴로움 2: 먹는 족족 살로 가는 거 같아. 그런데도 미친 듯 먹어 대는 일을 멈출 수도 없고, 멈추고 싶지도 않아.

괴로움 3: 호르몬 금단 증상인 것 같아. 내 호르몬들을 돌려주기를 바라. 지금 장난치는 거지? 그런데 그 장난, 마음에 안 들어.

괴로움 4: 표시가 나나? 내 탱탱한 엉덩이도 다시 돌아왔으면 좋겠다.

괴로움 5: 아파. 내 말은 진짜로 몸이 아프단 말이야.

괴로움 6: 왜 아무도 미리 이야기해 주지 않았던 거지?

아주 여러 번 폐경기는 내게 못되게 굴었다. 갑자기 생각지도 못하게 온몸이 아파 왔다. 그런 일이 반복적으로 일어났다. 이전에 겪어 봤던 어떤 고통과도 달랐다. 마지막 한 방울까지 다 짜 내려는 듯이 난소를 쥐어짜기 시작할 때면 정말 화가 날 지경이었다.

두통도 그에 못지않았다. 엉치뼈나 위(胃) 그리고 목덜미 통증도 마찬가지였다. 나는 마흔 고개를 넘는 게 정말 쉽지 않은가 보다 생각했다. 그런데 내 정형외과 담당 의사 카르메, 성녀 같은 카르메를 만나고 모든 걸 알게 되었다. 카르메는 이 모든 증상, 이 느낌을 폐경과 연관 지어 설명했다. 내가 통증을 느끼는 지점들이 바로 여성의 생식 주기를 관장하는 주요 호르몬 분비샘이 있는 곳이란다.[1] 내 몸에 대해 이토록 아는 바가 없다는 사실에 기가 막혔다. 사람은 각자 아는 만큼만 알고 산다. 그뿐이다. 나만 해도 가끔 뭔가를 배우기는 하지만 오래 가지는 않는다. 운이 좋으면 내 것으로 만들 수도 있겠지. 그런 것처럼 폐경 또한 내가 직접 겪으면서 몇 가지 것들을 확실히 기억하게 해 주었다.

아, 통증과 분비샘 이야기를 하고 있었지. 그 가엾은 녀석들은 호르몬을 쥐어짜 내려고 애쓰지만 이미 내 몸은

피할 수 없는 괴로움

예전 같지 않다. 난 이 녀석들이 자동차 엔진이라고 상상해 보곤 한다. 그래서 호르몬 대사가 느리게 진행된다는 말을 쓴 것이다. 시동이 걸리지 않고, 배터리가 줄어들고, 그러다가 꺼져 버린다. 나는 호르몬 대사 엔진이 다시 움직이기를 바랐다. 그래서 파티가 다시 시작되기를, 다시 먹고, 담배를 피우고, 타오르는 욕구 때문에 섹스하고, 생명을 창조할 수 있는 시간을 보낼 수 있기를. 하지만 내게는 아무 일도 일어나지 않았다. 통증도 여전했다. 그래서 눈물이 났다. 그것도 아주 많이.

호르몬 치료법을 만나다

여전히 상황을 받아들이지 못하고 있었을 때 나는 산부인과부터 기존 의학에 전통 의학을 접목시켰다는 통합 의학과까지[2] 여러 의사를 찾아다녔다. 하지만 스위스에 사는 내 친구 마리아가 만났던 그런 의사를 한 번도 만나지 못한 건 안타까운 일이다.

그동안 제대로 작동하던 것들이 기능을 멈추는 위기가 찾아왔다. 이 위기라는 말은 그리스어로 어떤 최악의 상황을 가리키는 것이 아니라 눈앞에 변화가 다가왔을 때 결정을 내리는 것을 의미한다. 루벤 블레이즈의 노래 중에 '결정(Decision)'이라는 곡이 있다. 이 노래 가사에는 임신일까 봐 고민하는 사춘기 커플이 등장하는데 매일 내리는 우리의 결정이 얼마나 어려운지, 또 그 결정이 어떻게 운명을 바꿔 놓는지에 대해 노래한다. 약간 상스럽기도 하지만 아름다운 노래이다.

나는 사춘기와 폐경기가 많이 닮아 있다고 생각한 적이 있다. 폐경기는 사춘기를 거꾸로 앓는 것과 비슷하다. 둘 다 생애 전환기이고 한동안 지속된다. 또, 점차 나아지지만 트라우마를 남기기 쉽다. 그런데 사춘기의 좋은 점은 이상한 짓을 해도 사람들이 그 행동에 큰 의미를 두거나 쉽사리 판단하지 않는다는 것이다.

내 산부인과 담당 의사는 명랑하고 쾌활하고 의욕이 충만한 데다가 시대에 발맞추려 끊임없이 노력하는 여성이었다. 부드러운 파란 눈에 한결같이 다정한 미소를 띠고 환자의 이야기에 귀를 기울인다. 시내 주택가에서 개인병원을 하면서도 시간이 날 때마다 아프리카 야전 병원으로 팀을 이끌고 가는 사람이다.

산부인과 의사에 따르면 아프리카 여성들은 갱년기를 겪지 않는단다. 어느 날씨 좋은 날, 아니 어느 달 밝은 날, 몸도, 부족 안에서의 자신의 위치도 이전과 달라지는 것. 그뿐이란다. 그렇게 어떤 여자들은 노인이 되고 또 다른 여자들은 현자로 대접받게 된다. 개발도상국의 기대수명을 생각해 볼 때 연장자를 대우하는 것은 확실히 일리가 있다. 분명 그 여인들의 삶의 질도 그때를 기점으로 이전과 이후는 확연히 갈리게 될 것이다. 이들에게 갱년기는 단지 생의 한 단계일 뿐이다. 그런데 그 단계가 우리와는 많이 다르다. 일단 수명이 짧지 않은가.

– 카를라, 스페인 여성 평균 수명이 85세라는 거 알아요?[3]

　　　　　　　　　　　호르몬 치료법을 만나다

– 그래요? 다행이네요. 아직 한참 남았군요.

– 그래요, 그러니까 앞으로도 긴긴 인생, 높은 삶의 질을
유지하는 게 중요하다는 거예요.

– 호르몬제랑 함께요?

– 그렇죠. 당신 나이에는 그게 필요해요. 정상 수치로 있
게 해 주니까요. 호르몬이라는 게 당신 몸을 돌봐 주는
거거든요.

– 먹지 않으면요?

– 일생의 절반을 호르몬 없이 사는 거죠. 그런데 호르몬제
는 보호 작용을 한답니다.

– 내가 지금 쉰 살이라도 호르몬제를 권할 건가요?

– 각각의 경우가 달라요. 오십 대는 증상을 완화하고 치명
적 위험을 감소시키는 데 더 주력하죠.

– 그러니까 오십 대가 되면 남은 평생 폐경인 채로 사는 게
정상적이라는 말이죠?

– 당연하죠! 그게 아니라면, 여자는 일정 나이가 되면 전부
다 아파야 한다는 말인데, 그럴 수는 없잖아요!

– 맞는 말이네요.

대체 요법을 따르려고 호르몬제를 먹어 보았다. 당시에는 시중에 판매하는 호르몬제들이 모두 젖당(乳糖)을 함유하고 있었는데 나한테는 이게 맞지 않았다. 어지럽고 소화가 잘 되지 않았기 때문이다. 정말 지겨웠다. 나는 하는 수 없이 구강 요법이 아닌 다른 방식을 시도해 보기 위해서 산부인과로 갔다. 호르몬이 혈액에 직접 도달하게 하는 방식은 이미 여러 가지가 나와 있었다. 고약처럼 붙이는 방식도 있고 연고처럼 바르는 것도 있었다. 모두 효과적인 방식이기는 하지만 매일 해야 한다는 점이 좀 성가시게 느껴지기도 했다. 그때 갱년기 전문 산부인과 의사 한 사람이 내게 알려 준 방식에 귀가 솔깃했다. 피부를 통해 호르몬을 주입하는 방식인데 이렇게 하면 약물이 간을 거치지 않아도 된다는 것이었다. 간을 거치지 않아도 된다는 것만으로도 너무나 훌륭했다.[4]

여기에서 가장 중요한 것은 각각 자기 몸에 딱 맞는 복용량을 찾아내는 일이다. 폐경기 증세는 점차 진행되다가 사라지기 때문에 그때마다 본인에게 적절한 복용량을 찾아내야 한다. 호르몬제 한 알이 어떤 사람에게는 부족할 수도 있지만 어떤 사람에게는 과복용이 될 수도 있다.

내가 얼마 전 이야기를 나눈 또 다른 의사는 히포크라테스 선서에 관해 들려주었다. 수련의 과정을 마치고 의사로서 첫발을 내딛는 의식에서 행하는 일종의 윤리 서약 선서로 '프리뭄 논 노체레(Primum non nocere)'라고 부르는데, 간단히 말하자면 '무엇보다 해를 입히는 일을 하지 말라.'는 뜻이다. 그리고 가능하다면 선을 행해야 한다는 것. 히포크라테스는 정말 지혜롭지 않은가. 이 말을 지금 시대에 맞게 적용하고 있는지는 알 수 없지만, 기원전 히포크라테스는 어쨌거나 존경스럽기 이를 데 없다. 우리가 모두 생의 어느 순간에 이런 의식을 경험해 보는 것도 나쁘지 않을 것 같다. 생계를 위해 무슨 일을 하건 간에 말이다.

다시 호르몬 치료법으로 돌아가자. 호르몬 대체 요법을 따르기 전에 나는 한동안 자연 치료 요법을 찾아다닌 적이 있다. 어떤 측면에서 내게는 그게 더 잘 맞았다. 요즘 들어 자연 의학에 관한 연구가 활발해지고 있는데 이 분야는 언젠가 더 많은 새로운 임상 연구 결과가 나올 것이다. 시간이 더 걸릴 테고, 데이터도 더 많이 필요하겠지만 말이다.[5, 6] 그래서 나는 앞으로 점점 더 많은 의사들이 자연 의학을 통해 각 여성에게 맞춤 치료를 제공하는 날을 상상해 보고는 한다.

산부인과 담당 의사와 여러 방법을 찾던 와중에 내분비과 의사 이사벨에게서 치료법을 찾았다. 이 젊은 의사는 환자의 말에 귀 기울이는 재능이 있다. 어느 날인가는 두 시간이나 내 이야기를 들어준 적도 있다.

이사벨의 말에 따르면 호르몬은 생체 불균형으로부터 당신을 보호하는 역할을 하는데, 폐경기가 되면 이 호르몬이 못되게 군다는 것이다. 단, 모두에게 같은 방식으로 일어나는 것은 아니라니 그 점은 기뻐할 만하다.

폐경이 각 여성에게 다른 모습으로 나타나는 이유는 각자 몸속에 잠재해 있는 문제가 다르기 때문이다. 이 문제라는 건 한여름 뱀처럼 숨어서 호시탐탐 때를 노리고 있는데, 호르몬이라는 방패막이 때문에 나오지 못하고 있다가 급격한 신체 변화가 있을 때 모습을 드러낸다. 예를 들어 피임약을 끊자마자, 혹은 출산 직후, 아니면 폐경기를 맞을 즈음에 갑상샘 기능 저하가 일어나는 여자들이 있다. 이런 현상이 나타나는 이유는 갑상샘저하증이 잠재되어 있다가 호르몬 변화를 겪으며 증상이 발현

호르몬 치료법을 만나다

되기 때문이다. 그러니까 가면을 벗는 것이나 마찬가지이다. 호르몬이라는 방패막이가 사라지자 뱀이 모습을 드러내는 것처럼.

나는 어쩌면 이 기회에 내 몸에서 제대로 기능하지 못하는 것들을 해결할 수 있을지도 모르겠다고 생각했다. 이참에 내 인생의 문제들까지도 말이다.

서양고추나물과 서양승마, 한동안 둘을 섞어 복용했다. 천연 약재들이므로 효과가 화학 약품만큼 즉각적이지 않을 거라는 사실은 잘 알고 있었다. 하지만 꾸준히 복용하자 점차 사물을 객관적으로 볼 수 있게 되었다. 감정을 조절하는 능력이 생긴 느낌이랄까.

서양고추나물은 성 요한의 풀(St John's-wort)이라고도 부른다. 성 요한 축일에 노란 꽃을 따는 풍습이 있어서이다. 개화 시기도 아주 짧다. 마치 성 요한의 축일에 꽃을 따는 사람들에게만 그 효능의 비밀을 전해 주고 싶기라도 한 듯 말이다. 실제로 서양고추나물은 항우울증 효능이 있어,[7] 나에게 기가 막히게 잘 들었다.

또 다른 동반자는 블랙 코호시(Black Cohosh)라고도 하는 서양승마였다. 미나리아재빗과의 여러해살이풀로 북

아메리카 원산인 이 식물은 뿌리에 효능이 있다. 이사벨은 내게 이 약초를 복용할 때 특히 간(肝)을 조심해야 한다고 했다. 특별히 예민한 사람이 아니어도 간에 손상을 줄 수 있다는 것이다. 어쨌거나 모두 약물학에 나오는 약초들이므로 권장 복용량이 있고 또 부작용이나 금기 사항도[8] 있다. 전혀 해롭지 않다고 생각하고 복용하는 사람도 많고 또 처방전이나 설명서 없이 약초를 판매하는 사람들도 많기는 하다.

만일 당신이 폐경 즈음에 있다면 서양승마와 서양고추나물 혼합 약제가 큰 도움이 될 것이다. 이 둘을 함께 복용하면 폐경기에 아주 좋다는 연구 결과가 있다. 거의 폐경 전용 약제가 될 정도로 말이다. 얼굴이 화끈거리는 증상이나 초조, 불안, 불면, 감정 기복이나 불쾌감 그리고 생식기 문제를 완화해 준다.[9]

물론 두 가지 약초를 둘러싼 논란이 있다는 것은 분명한 사실이다. 뭔가 색다른 사실을 주장하는 연구에 필연적으로 따르는 현상이라고 생각한다. 그리고 그런 논란이 있다는 사실이 기쁘다. 무엇보다도 히포크라테스의 말처럼 해를 입히지 않도록 하기 위함이 아닌가.

호르몬 치료법을 만나다

나는 3년 전부터 천연 제품들을 판매하는 라우라와 크리스티나를 만나러 가고 있다. 이들의 유사 제약 산업은 아마도 언젠가는 대기업에 흡수될 것이고 그렇게 되면 업계에 엄청난 변화를 몰고 올 것이다. 두 사람은 아는 게 엄청나게 많다. 자신들을 찾는 이에게 귀 기울이기를 마다하지 않는 두 사람에게 나는 다른 누구보다 먼저 폐경을 알렸다. 이들이 내게 제일 먼저 권한 것은 마카(Maca)였다. 마카는 내가 호르몬 요법을 쓰기 전에 이미 폐경을 맞은 나와 떼려야 뗄 수 없는 관계였고 이후 내 체온을 일정하게 유지하는 데 도움을 주었다. 게다가 아침이면 활력이 넘치게 해 주는 덕에 나는 커피를 끊을 수 있었다. 사실 뭐 하러 커피를 마시겠나? 폐경이 주는 불안, 초조감만으로도 생존 본능을 충분히 깨울 수 있는데 말이다.

마카는 페루와 볼리비아를 아우르는 안데스 지방 허브 식물이다. 영양 면에서 뛰어나기도 하지만 무엇보다도 임신을 돕고 또 성욕 증진 효능으로 유명해 많이 재배한다. 안데스 주민들은 벌써 몇 세기 전부터 자신들이 먹는 이 풀의 효능을 잘 알고 있었다. 오늘날 마카가 갱년기의 초조함이나 우울감 그리고 성욕 부진 완화에 도움을 준다는 연구 결과가 나와 효능을 입증한 바 있다.[10, 11] 당연히 마리아에게도 이 사실을 알려 주었다. 그리고 내게 폐경을 고백하는 여자들에게 매번 마카를 먹으라고 권한다.

자연 요법 치료사인 크리스티나는 모르는 약초가 거의 없다. 내가 아는 한 우리 선조들의 의학에 가장 근접해 있는 사람이다. 크리스티나의 약초 가게에는 각각의 고객을 위한, 붉은 칸이 그려진 마분지 카드가 비치되어 있다. 해당 고객의 약재가 어떤 식물을 얼마만큼 혼합해 만들어졌는지 적어 둔 카드이다. 지난번 약제가 잘 맞았다면 같은 것을 계속 권한다. 요즘 한창 유행인 고객 맞춤형 방식이다. 전속 서비스의 가장 고전적인 버전이라고나 할까. 기침 멈추는 데 효과적인 것, 불안·초조감을 없애는 것, 부종에 좋은 것, 폐경, 불면, 위산과다 등 고객마다 맞게 처방한다.

언제나 기다리는 사람이 많았었는데 어느 날 운 좋게도 크리스티나와 단둘이 있게 된 적이 있었다. 그날 크리스티나는 내게 자양강장제라 부르는 약초들이 있다고 설명해 주었다. 그런 이름이 붙은 이유는 인체 내 과다한 물질과 부족한 부분을 상호 보완하는 역할을 하기 때문이

호르몬 치료법을 만나다

란다. 이 약초들은 영리하게도 필요한 부위에 단번에 효과가 있다고 한다. 꼭 갱년기를 위한 것은 아니라도 금잔화, 샐비어, 안젤리카(류머티즘, 통증 완화, 몸을 따뜻하게 하거나 안정시켜 주는 허브), 장미처럼 여성을 위한 약초들도 있는데 신기하게도 모두 여자 이름이다. 정말 고운 이름 아닌가. 게다가 선조의 향기도 느껴지는 듯하다.

우리는 항상 여성을 호르몬과 연계시킨다. 사실 부정할 수 없는 생리학적 현실이기도 하다. 다만 이상한 건 남자들도 호르몬의 영향을 받는데 절대 그 이야기는 하지 않는다는 것이다.


- 순비기나무라고 들어 봤냐? 순결나무라고도 한다던데.
- 아니.
- 시토 수도회 사제들에게 줬다더군. 그 왜 포대 자루 같은 옷을 입은 포블레트 수도원 사제들 말이야.
- 아하, 움베르트 에코의 《장미의 이름》에 나오는 그 사제들.
- 그래, 그 사제들.
- 그런데 뭣 때문에?

– 성적 충동이 일어나지 않게 하려는 거지.

– 정말?

– 그렇게 하면 테스토스테론이 감소하니까.

– 대단하군.


아버지가 해 주셨던 이야기가 생각난다. 아버지가 군대에 있을 때는 병사들에게 브롬화물을 줬단다. 보기에는 꼭 소금처럼 생겨 음식에 섞어 줬는데 19~20세기에만 해도 진정제 효과가 있다고 여겨 제2차 세계대전 당시 영국군에게도 지급했다고 한다. 이 가루가 성적 충동을 막는다고 여겼던 것이다. 무기를 손에 든 병사들이 성적 충동으로 인해 집단으로 정신 줄을 놓는 걸 막을 목적이었음이 분명하다. 지나친 흥분은 결코 좋지 못하니까.

이사벨 덕분에 또 한 가지 신경을 쓰게 된 것이 바로 식단의 중요성이다. 그리고 그중 가장 중요한 것이 오메가3와 오메가6 사이에 균형을 유지하는 일이다.

오메가3는 뉴런 연결(neuronal connection), 신경계, 심장에 좋고 나쁜 콜레스테롤 수치를 낮추어 준다. 사실 여성들은 폐경이 되면서 심근경색이나 비만 등의 위험에 더 많이 노출되는 것 같다. 앞에서 말한 숲속의 뱀이 또다시 기어 나오는 것이다. 언제나 그렇듯이 세상만사 균형을 잘 이뤄야 하는 것처럼 오메가3와 오메가6 사이에는 이상적인 비율, 혹은 꼭 지켜야 할 비율이 있다.[12] 다시 말해 이 둘이 제대로 잘 균형을 이루기 위해 딱 적당한 양이 있다는 말이다. 그러니 더도 덜도 말고 정확한 분량을 지켜야 한다.

먼저 오메가3를 보자. 오메가3는 안초비, 정어리, 고등어, 장어, 참치, 연어, 철갑상어 알 같은 등 푸른 생선에서 나온다. 그리고 아주 소량이기는 하지만 아마 기름이나, 대마 기름 혹은 샐비어 씨앗 기름에도 함유되어 있다.

오메가6는 지방산이다. 주로 올리브유나 견과류, 옥수수, 콩 등의 식물성 식품에 많이 들어 있다. 그래서 균형을 이루는 데 도움을 주는지도 모르겠다. 어쨌거나 지방이 많은 음식을 즐겨 먹다 보면 심혈관 부분에서 뱀이 튀어나올 위험이 그만큼 많아지는 것이다. 나는 이 사실을 경고로 받아들여 최대한 자제하려고 노력한다.

크리스티나는 간혹 달맞이꽃에 대해 냉소적인 농담을 하기도 한다. 오메가6 그러니까 고도불포화지방산이 함유된 달맞이꽃은 호르몬을 조절해 폐경기 특유의 얼굴이 달아오르고 후끈거리는 증상을 완화해 주는 효능이 있다.[5] 또 염증을 억제하는 성질 때문에 관절염에도 좋고 습진 등 피부 질환에도 효과가 있다. 하지만 모든 것이 그렇듯 달맞이꽃은 절대 만병통치약이 아니다. 달맞이꽃의 폐경기 효능에 대한 임상 연구 결과가 썩 만족스럽지만은 않은 것도 사실이다. 그런데 어느 산부인과 의사가 2~3년 전 달맞이꽃을 유행시켰고 이미 15년 전부터 복용하고 있다는 사람들도 있다.

달맞이꽃의 효능을 맹신한 나머지 남편에게 준다는 여자들도 있다. 배우자에게 본인 마음대로 달맞이꽃을 처방하는 여자들의 목적은 뭘까?

- 오, 우리의 여신, 달맞이꽃을 경배합시다!
- 오, 그래요! 우리의 위대한 구세주 달맞이꽃! 목숨도 구해 준다는 소문이 있더군요. 알고 계셨나요?
- 전혀 몰랐습니다.
- 수년간 대증 요법으로 처방되는 약초였답니다. 히스테리에 시달리는 여자에게 달맞이꽃을 줍시다. 분명 잠잠해

질 겁니다. 여기에서는 캡슐로도 팔아요. 수백 개씩 사
가는 사람들도 있답니다.

- 저기 저 부인에게는 어떤 의사가 10년 전에 처방을 해 주
었다는데 아직도 복용한답니다.

- 남편도 먹는대요!

- 그 남편 가슴이 커진 거 보셨나요?


사라는 올해 예순여덟 살인데도 멋지게 살고 있다. 다
른 여자들처럼 정상적으로 50대에 폐경을 맞았다. 사라
보다 스무 살이나 많았던 남편이 아직 살아 있을 때였다.
부자 남편과의 사이에 자식이 없었기 때문에 사라가 많은
재산을, 아니 충분한 재산을 물려받았다. 그러니까 하고
싶은 일은 다 할 수 있을 만큼 충분히 말이다. 사라는 등
장하면 모두의 시선이 집중될 만큼 멋진 여자였다. 더는
염색을 하지 않고 흰머리를 그대로 내버려 두기로 한 지
금도 여전히 멋지다. 사라가 폐경을 맞이하면서 내린 결정
은 간단하고도 신속했으며 또 자부심 넘쳤다. 사라는 추
호의 망설임 없이 대체 호르몬 방식을 선택했다.

– 참나, 달맞이꽃 좋아하시네! 의사 선생님, 전 호르몬제 없으면 안 돼요!

요즘도 호르몬제를 복용하는 사라는 여전히 날씬하고, 사슴처럼 발걸음도 가볍다. 앞으로도 절대 호르몬제를 끊을 생각이 없다고 분명히 말했다. 물론 이건 사라가 간직한 작은 비밀이다. 나를 비롯한 몇 명은 알고 있지만 아무도 입 밖으로 꺼내지 않았다. 그래서 이 책에서도 가명을 사용했다. 이제 마흔여덟 살인 사라의 애인이 이 사실을 알면 안 되니까.

유방암에 걸렸지만 살아남은 내 친구 안드레아는 얼굴이 화끈 달아오르는 증세가 있는 데다가, 암 투병 생활을 하며 자신을 객관화하는 법을 많이 배우기는 했지만 여전히 갑작스러운 불안, 초조감에 시달린다. 암 투병 때문에 호르몬 요법을 쓸 수도 없다. 하지만 자신이 지금 겪는 일들에 대해 두려움 없이 이야기할 수 있게 되고부터 모든 게 훨씬 편안해졌다. 게다가 갱년기의 초조감이나 우울증 그리고 안면홍조 같은 증세들도 심리 치료를 통해 완화할 수 있다는 임상 연구가 있다는[13, 14] 이야기를 담당 산부인과 의사로부터 듣고 난 후로는 한층 더 그렇다.

이와 달리 이제 쉰다섯이 된 이웃 여자 마르타는 몇 년 전부터 인도에 푹 빠져 있어서 아유르베다(인도의 고대 의학·장수법) 식이요법을 따르면서 인도의 인삼이라고 부르는 아쉬와간다를 먹는다.

아쉬와간다는 마음을 평온하게 해 주는 효능이 있다고 알려져 있다. 마르타는 그게 본인에게 아주 잘 맞는다고 했다. 각자 선택하기 나름이다. 신체적으로나 정신적으로나 각자에게 맞는 게 있는 법이다.

아유르베다는 중국 전통 의학과 더불어 현존하는 가장 오래되고 또 가장 복잡한 의료 체계이다. 중국 전통 의학과 아유르베다는 각기 자국 문화에 깊이 뿌리내린 철학적 바탕 위에 굳건히 서 있다. 여러분의 이해를 돕기 위해 덧붙이자면, 많은 대학, 대학원, 정부 부처 그리고 많은 일반 사람들이 이 체계를 도입하고 있다. 서양에서도 이 의학 체계를 따르는 사람이 많다. 나는 중국 전통 의학 쪽이 더 잘 맞는다. 둘 다 잘 알지는 못하지만 수천 년을 지속해 온 데는 다 이유가 있을 것이므로 나는 두 문화를 모두 마음 깊이 존경한다.

나는 중국 의학을 직접 경험한 적이 있다. 폐경을 맞이하고 얼마 되지 않았을 무렵 여전히 희망을 버리지 못했던 나는 기적을 바라며 임신·출산 전문 침술사를 찾아간 적이 있었다. 그때는 그야말로 필사적이었다. 아이를 낳을 일말의 가능성이 남아 있을 때, 짧은 시간 동안이라도 최대한 서두르고 싶었다. 당시 내 난자로 임신에 성공할 확률은 고작 5%도 되지 않는다는, 그야말로 잔인한 진단 결과를 받아 든 후였지만 말이다.

부모님의 친구 중 한 분은 자동차 랠리 레이서였다. 한 번은 사막에서 길을 잃었는데 차는 고장 나고 연료도 음식도 다 떨어지고 말았다. 딱 하나 남은 것은 30ml 정도의 물뿐. 아직 어렸던 내가 사하라에서 막 돌아온 그 영웅에게 한마디 건넸을 때 그의 대답은 내게 큰 충격을 주었다.

- 어떡해요, 물도 없었다니요!
- 카를라, 무슨 소리야. 30ml밖에 없긴 했지만 그래도 물은 있었다고.

그래서 나는 5%의 희망을 품고 그 분야에서 큰 명성을

호르몬 치료법을 만나다

떨치고 있는 닥터 루를 찾아갔다. 불가능한 일을 성공시키는 것으로 유명해 늘 대기자 명단이 6개월까지 꽉 차 있었다. 하지만 나를 가엾게 여긴 닥터 루가 중간에 나를 끼워 넣어 주었다. 닥터 루는 도전을 좋아했고 나는 악착같이 희망의 끈을 놓지 않고 있었기 때문에 우리 둘은 서로를 잘 이해했다.

도무지 휴식이라는 걸 모르는, 사람 좋은 닥터 루는 남녀 할 것 없이 수많은 환자들이 누워 있는 부스를 돌아다니며 침을 놓았다.


– 이 침은 어디에 좋은가요, 닥터 루?

– 난자를 넓게, 건강하게 만들려는 거예요.

– 넓게가 아니라 더 크게라고 말하는 거예요, 닥터 루.

– 이제 좀 편안해졌어요?

– 그럼요, 그럼요.

– 아직도 열이 확확 올라오고 그래요?

– 아니요, 이제 그런 건 없어요.


닥터 루는 약간 어눌한 스페인어로 이런저런 설명을 해

주었다.

결국 내 난자에는 어떤 변화도 일어나지 않았다. 하지만 초조감이 줄어들고 잠을 잘 자게 된 것은 확실했다. 내게 남은 30ml의 물과도 같은 내 난자를 어떻게든 살려 보려고 애쓰던 그 과정에서, 나는 내 본능이 하는 이야기를 듣는 편을 택했다. 그간 일어난 일들을 통해, 폐경을 통해, 내 안의 내가 나에게 말을 걸고 있었다.

아, 침이 도움이 되기는 했다. 그런데 인공수정 같은 의학적 방법을 쓰는 것은 좀 복잡하게 느껴졌다. 신체적으로도, 윤리적으로도 그리고 감정적으로도 그랬다. 어떤 면에서 내 기본 원칙에 맞지 않는 점이 있었다. 어떤 희생을 감수하더라도 엄마가 되고 싶다는 마음의 준비가 되어 있지 않았다고나 할까, 내 천성이 치러야 하는 대가라고나 할까. 아주 미묘하게, 천천히, 엄마가 되고 싶다는 나의 소망은 변해 갔다. 물론 폐경이 많은 역할을 하긴 했다. 폐경이란 원래 그런 것이다.

나는 이것저것 경험해 보고 있었다. 그중 어떤 것들, 등 푸른 생선이나 아마 같은 걸 먹는 식이 요법이라든지, 호르몬 치료 같은 것들은 내 일상으로 자리를 잡았다. 에스

호르몬 치료법을 만나다

트로겐에 좋다는 것들은 내겐 전혀 맞지 않았다. 예를 들어 호르몬이 삐걱거리지 않고 제대로 작동하려면 식단에서 절대 콩을 빼놓으면 안 된다는 의사들도 있지만 나는 콩이 입에 안 맞았다. 그래도 내 친구들은 그렇지 않았던 모양이다. 아침 7시에 콩 스무디를 커피에 곁들여 마신다고? 정말 구미가 당기지 않는 일이다. 게다가 난 두부도 별로다.

참을 수 없는 식욕이 몰려오다

나는 가끔 미치도록 소브라사다(스페인식 순대)와 파테(간이나 자투리 고기, 생선 살 등을 갈아 오븐에 구워 낸 프랑스 요리)가 먹고 싶어질 때가 있었다. 그럴 때면 잠시도 머뭇거리지 않고 슈퍼마켓으로 달려가곤 했다. 그리고 식탁에 앉지도 않은 채 주방에 서서 소브라사다를 폭풍 흡입했다. 물에 빠진 사람이 정신없이 허우적대는 것과 다를 바 없었다. 다 먹지 말고 남겨 두었다가 다음 날 아침 먹어야겠다고 생각하지만 번번이 몽땅 먹어치우곤 했다.

이건 아주 중요한 일이다. 그다지 옳지 않다고 생각하는 일을 그래도 해야 할 때는 잘해야 한다. 아주 잘, 즐겁게, 철저히 즐기면서 해야 한다. 가속 페달을 밟는 것처럼. 지금 이 순간의 당신이 바로 당신이고, 이건 당신을 위한 일이다. 예를 들어 매력적이지만 미래는 없는 '나쁜 남자'와 멋진 하룻밤을 보내는 것도 말이다.

내 옛 애인들 중 한 명은 내게 '일상의 평온함은 안정감을 주지만 우리를 살게 하는 것은 바로 일탈'이라고 말하곤 했다. 인생이란 그런 것이라고 종종 말했었다. 그와의 관계는 이상적이었고, 매력적이었으며, 관계가 지속되는 동안에는 즐거움이 보장되었다. 하지만 그가 어떤 사람인지 명확히 알고 있어야 한다. 그럴 수만 있다면 그와의 관계는 내가 도저히 참을 수 없어서 사러 나갔던 소브라사다를 한입에 꿀꺽 삼키는 것과 같다.

나는 음식에 관한 한 엄격한 규율을 지키고 내분비과 담당 의사가 정해 준 메뉴를 따른다. 하지만 고백하자면 내 취향에 맞춰 변형하기도 한다. 사실 오늘 뭘 먹을지 미리 안다는 게 너무 지루했다. 난 즉흥적으로 결정할 수 있는 여지가 필요한 사람이다. 그런 게 날 흥분하게 한다. 균형 잡힌 식단의 틀 안에서 내 몸이 원하는 걸 먹는 것은 정말 환상적인 일 같다.

한 예로 나는 대략 3년 전부터 미니 양파와 브로콜리, 호두와 아몬드, 후무스(으깬 감자와 비슷한 중동 음식), 퀴노아, 아보카도, 멸치, 안초비, 딸기, 오렌지, 붉은 강낭콩 같은 것들을 자주 먹는다. 왜 내가 언젠가 소브라사다를 사러 나갔던 그날 밤처럼 그렇게 급히 서둘러 이런 것들을 사러 뛰쳐나갔는지는 나 역시도 잘 모르겠다. 뉴런 세포들이 마법을 부린 걸 수도 있고, 오메가와 미네랄, 비타민이 풍부해서일 수도 있다. 아니면 폐경이 내게 찾아온 이래로 차츰 사라져 가는 피토에스트로겐 같은 여성 호르몬이 풍부해서일지도 모르겠다.

라우라는 자신의 신념에 따라 락토오보채식을 한다. 그래서 채소와 유제품, 그리고 달걀은 먹고 육류, 생선, 해산물은 먹지 않는다. 어떻게 육류를 전혀 먹지 않을 수 있는지 나로서는 이해하기가 좀 어려웠다. 나라면 근사한 스테이크 한 조각, 최상급 하몬이나 일요일 밤 통닭 한 마리를 거절하기 어려울 것 같다. 한번은 라우라를 우리 집으로 초대해 저녁 식사를 함께했다. 메뉴에 대해 고민이 많았지만 그날 나는 라우라의 식사가 단순히 유행을 따르는 것이 아니며, 신념 이상이라는 걸 알게 되었다. 라우라는 내가 준비한 오색 영롱한 다양한 요리들을 신이 나서 먹었고 나 역시 라우라의 신념이 폐경과 함께 찾아온 마법과도 같다는 사실을 알게 되어 기뻤다. 내가 소브라사다나 파테, 멸치나 브로콜리 혹은 딸기를 사러 나갈 때와 똑같은 심정으로 라우라는 채소 한 바구니를 구하러 뛰쳐나간다는 것이다.

내가 폐경을 맞이하면서 라우라에게처럼 나에게도 마법이 찾아왔다. 동물성 지방을 덜 좋아하게 된 것이다. 아직도 근사한 하몬 맛을 포기하기는 어렵지만 나는 원칙적으로는 내분비과 담당 의사의 말에 귀를 기울이면서도 식단을 변형하기로 했다. 그런데 신기하게도 나에게 찾아온 마법 그리고 내분비과 담당 의사의 의견이 대부분 일치했다.

젊은데도 언제나 환자들의 말에 귀를 기울일 줄 아는 내분비과 담당 의사 이사벨은 내 식단에서 글루텐과 유제품을 철저히 배제하라고 처방을 내렸다. 사실 내게는 별로 어렵지 않은 일이었다. 이미 8년 전부터 유제품이 내게 잘 맞지 않고 복통을 유발한다는 걸 알고 있었기 때문이다. 나는 나에게 특히 해로운 음식이 있다는 사실을 인정하고 더 적게 누리며 살아가는 법을 배울 수 있게 되었다. 인간 생존에 필요한 가장 기본적인 부분, 음식에서부터 말이다.

이사벨은 내게 채식 위주로 먹되, 가능하면 덜 가공된 음식들로 식단을 구성하라고 했다. 가공하면 아무래도 독성을 갖게 될 가능성이 높다. 자연 상태에서의 모습과 달라진 것들은 되도록 먹지 말라고 권했다. 나는 만성 소화 불량 때문에 이미 이런 식단을 따르고 있었기에 약간 행운이라고 생각하며 즐거워했다. 만성 소화 불량이 어디

참을 수 없는 식욕이 몰려오다

에서 오는 것인지, 또 이런 질병이 폐경과 어떤 관련이 있는지 잘 모르면서도 말이다.[15] 이런 말을 하는 이유는 일간지에서 한 종교 지도자가 우리의 감정은 우리 몸에 투영되기 마련이고 우리의 위는 제2의 뇌라고 한 것을 읽은 적이 있기 때문이다. 아니 제1의 뇌라고 했던가? 잘 기억이 나지 않는다. 하지만 무엇보다도 내장의 문제는 우리가 겪는 일들을 제대로 소화해 내지 못하는 데서 오는 것이라고 생각하게 되었다. 생각해 보면 아주 틀린 말은 아닌 것 같다.

얼마 전 레스토랑 셰프인 카르메 루스카예다에 관한 다큐멘터리를 본 적이 있다. 완벽주의자 성향에 열정적이고 생기가 넘치는 여성이었다. 뭔가를 열정적으로 결단력 있게 실행한다면 결과가 좋을 확률이 높을 수밖에 없다. 카르메는 미슐랭 별 7개를 받았는데 사실 미슐랭 별은 요리사로는 최고의 영예이자 확실한 인정을 받았다는 증거가 된다. 나는 몰랐던 사실이었지만 카르메는 스페인 최초로 가장 많은 미슐랭 별을 받은 요리사라고 한다. 하지만 의욕 충만하고 창의적이고 분별력 있는 요리사라는 점 이상으로 내 주의를 끈 것은 미슐랭의 별이 아니었다. 바로 자신의 요리에 자연적이고 전통적인 요소를 가미했다는 점이다. 나는 프로그램이 이미 시작한 뒤에야 보게 되었는데 내가 본 부분에서는 요리 속 빛깔 연구에 대해 언급하고 있었다. 자연에는 모든 빛깔이 숨어 있으므로 요리 속 빛깔은 사실 자연 그 자체라는 것이다. 다큐멘터리에서 카르메는 물감의 팔레트를 사용해 본 경험이 자신의 메뉴를 짜는 방식을 바꿔 놓았다고 설명했다. 그래서 카르메와 그의 팀은 요리를 이름 대신 색깔로 부른다.

- 7번 테이블에 다홍색 두 개, 흰색 세 개, 노랑 하나 그리고 빨강 둘!
- 들어갑니다!

그 말에 적극 공감했다. 그렇다. 자연에는 모든 빛깔이다 있다. 나도 내 안에 모든 빛깔을 담아 둘 수 있으면 좋을 텐데.

그래서 나도 실행에 옮겨 보기로 했다. 여러 가지 빛깔로 칠해진 접시에, 한 끼에 적어도 세 가지 다른 색을 지닌 음식을 먹는 데 도전하기로 한 것이다. 그러자 식재료 쇼

핑 습관이 바뀌어 버렸다. 내 냉장고에는 다양한 색채의 향연이 펼쳐졌고 무엇보다 좋은 일은 내 기분이 훨씬 좋아졌다는 것이다.

아주 가벼운 식단, 특히 염증 억제를 위한, 항산화성 식품이 풍부한 식단을 유지하고 있었고 피토에스트로겐을 함유한 음식도 섭취하고 있었지만, 한동안 기존 의학이 제공하는 호르몬 요법을 피해 왔다는 사실도 기억해야 했다. 게다가 꼭 알고 있어야 할 여러 정보를 이미 알고 있었지만 그래도 열심히 상담을 받으러 다녔다. 나는 이미 전부터 내 몸이 순간순간 요구하는 것들이 절대 부족하지 않도록, 그리고 앞으로 요구하게 될 것들이 더더욱 부족하지 않도록 내 식생활을 잘 구성해야 한다는 점을 인식하고 있었다. 마치 영양소, 혹은 에너지가 내미는 청구서를 지급하는 것과도 같았다. 게다가 앞으로 닥쳐올 어음 지급을 위해 미리 충분히 저축도 해 두었다.

나는 다시 내 뼈에 대해 생각했다. 왜냐하면, 폐경이 다가오면 골밀도가 낮아지기 시작하는데 이를 골다공증이라고 부른다. 뼈가 조금씩 약해지면서 차츰 뼈 속에 구멍이 생기는 것이다. 이런 현상은 전에 말했던 호르몬 방패막이라고 하는 에스트로겐과 연관이 있다. 이 물질이 칼슘 흡수를 돕기 때문이다. 비타민 D 역시 같은 역할을 하는데 비타민 D는 식품을 통해서만 얻을 수 있다.

'다이어트의 D의 중요성'

꼭 적어 두어야겠다.

사실 비타민 D는 정지된 채로 비활성화된 비타민이어서 사람의 신체가 햇볕을 쬘 때 생성된다. 우리 몸의 이런 작용은 실로 놀랍다. 나는 운 좋게도 햇살이 눈부신 대도시에 살고 있지만 햇빛을 통해 비타민 D를 합성하는 일이 다소 어려운 다른 나라에서는 식단을 통해 비타민 D를 섭취해야 한다. 예를 들어 대구의 간은 비타민 D가 아주 풍부하다. 북유럽 스칸디나비아반도 사람들은 일 년 중 거의 6개월은 태양광선이 충분히 비추지 않기 때문에 옛날 옛적 자신들의 조상 바이킹들이 햇살이 부족한 겨울 동안 그랬던 것처럼 요즘도 대구의 간을 먹는다. 신이 햇살을 빼앗아 가고 대구를 눈앞에 놓아 주었다고나 할까.

예를 들어 비타민 C 역시 골다공증에 효과가 있다. 콜라겐 생성에 영향을 주기 때문이다. 콜라겐은 재생이 되지만 나이가 들면서 재생 능력이 떨어진다. 그 때문에 주름살도 생기고 관절 통증도, 골반기저근 약화도 생기는 것 같다. 확실치는 않지만, 그렇다고 들었다. 그러므로 갱년기가 길어질수록 마법처럼 내 몸이 더 많은 비타민 C를 요구하는 것이다.

비타민 C는 칼슘 흡수도 돕는다. 왜냐하면, 비타민은 위의 pH가 산성이 되도록 돕는데 이를 통해 우리가 섭취하는 칼슘이 뼈에 남을 수 있는 이상적인 환경을 조성한다. 사실 우리가 칼슘을 얼마나 섭취하느냐 하는 것보다 어떻게 칼슘이 흡수되게 하느냐가 더욱 중요하다. 우리가 말을 할 때 사용하는 단어와 말투 혹은 억양의 관계라고나 할까, 뭐 대략 그런 느낌이다.

그러니 어느 날 영화를 보는 중에 갑자기 오렌지 생각이 난다면 당장 사러 나가라. 그리고 지나는 길에 초콜릿도 하나 집어 와라. 초콜릿은 필수품에 속한다.

콜라겐과 노화하는 피부 조직에 관해 이야기하다 보니 멋진 독일인 친구 카트린이 생각난다. 카트린은 베를린 사람 특유의 모던하고 간결한, 그리고 금욕적인 취향의 소유자이다. 그런데 폐경이 가까워지면서 탄력을 잃고 근육이 사라지기 시작했다. 그러면서 생각지도 못한 곳, 특히 생식기와 비뇨기 근육이 인생에 꼭 필요하다는 사실을 알게 되었다. 카트린과 파트너 엘레나는 사랑을 나누는 데 어려움을 겪었다. 카트린 설명에 의하면 어느 날인가 애무를 하는 동안 질의 벽이 마치 바짝 마른 논바닥이 된 것처럼 느낀 일이 있단다. 그리고 그날 이후로 둘은 다른 방식으로 사랑을 나누기 위해 온갖 지혜를 짜 내야만 했다. 몇 번이나 껍질이 벗겨지는 것 같은 느낌이 들었기 때문이다. 러브젤도 소용이 없다고 했다.

카트린의 산부인과 담당 의사는 해결이 쉽지 않다면서 카트린에게 호르몬 요법을 따르며 예전처럼 돌아오는지, 아니 조금이라도 비슷한 수준이 될지 지켜보자고 했다. 카트린은 지금 레이저 치료[4]를 위해 저축도 하고 있다. 요즘은 기술이 워낙 발전해서 말이다.

카트린은 요즘 자주 소변이 마려워지는 통에 최근에는 핸드백에 패드를 항상 가지고 다닌다. 카트린은 밤새워 노는 것을 좋아하지는 않지만, 간혹 근처 동네로 춤추러 나가기도 했다. 어느 날 바에서 영국의 록밴드 더 큐어 음악에 맞춰 신나게 춤추면서 웃고 즐기다가 이런 대화를 나눈 적이 있다.

- 너무 웃기지 마, 지리겠다고.

- 하하하하!

- 그러지 마, 그만, 싼다니까.

- 배에 힘 줘, 카트린. 힘 주라고…….

- 제장…… 거 봐, 내가 웃기지 말라고 했잖아.

- 성인용품을 써 봐. 도구의 도움을 받으면 골반기저근에
  좋을 거야.

- 하하하하.


루페는 나처럼 먹는 걸 좋아한다. 그래서 같이 주전부
리를 먹는 건 피하는 게 좋다. 요리를 몇 개 시켜서 같이
나눠 먹기보다는 커피 한 잔으로 약속을 바꾸는 게 낫고,
그것도 간식 시간은 절대 피하는 것이 좋다. 우리는 술을
많이 마시지는 않지만, 흡연을 즐긴다. 나도 안다. 보기 흉
하고, 지저분하고, 냄새도 나고 유행도 지난 일이다. 그렇
지만 어쩔 수 없다.

루페는 매일 한 갑씩 담배를 피우던 시절이 있었는데
어느 날 갑자기 담배를 끊었다. 담배는 끊었지만, 그러면
서 무려 15킬로그램이 불었다. 하지만 여전히 담배를 피웠

더라면 그 상태로 호르몬 요법을 병행하는 것이 위험천만했으리라는 얘기를 듣고 안도의 한숨을 내쉬었다. 담당 의사가 심혈관계 질환의 위험성에 대해 경고했기 때문이다. 그러던 어느 날, 이제 니코틴 중독에서 벗어났다고 생각하고 담배를 한 개비 입에 물었던 것이 화근이 되어 다시 흡연자의 길로 들어서고 말았다.

- 한 번 끊을 때마다 15킬로씩 불어나. 이젠 뚱보인 데다가 담배까지 피우고 말야!
- 뭐 어때?

난 근사한 하몬 맛, 스테이크 한 조각, 카르메 루스카예다의 빛깔들과 야외에서 스포츠를 즐기던 날들, 그리고 락토오보 채식주의자인 내 친구 라우라를 떠올렸다. 그리고 모든 것이 균형을 이루기 위해서는 저울의 양쪽에 무언가가 올라가 있어야 한다는 사실을 깨닫고 기분이 좋아졌다. 왜냐하면, 영양이나 의약품 또 건강 보조 식품과 관련된 모든 일에서 질서를 잘 잡아야 한다는 것을 분명하게 알게 되었기 때문이다. 마법 같은 효과를 가졌다

참을 수 없는 식욕이 몰려오다

고 알려진 음식들도 있지만 아무리 다른 사람들이 신기한 약효가 있다고 해도 당신에게 맞지 않으면 먹지 말아야 한다. 내키지 않는 것이 있으면 절대적으로 피하길 권한다. 온 힘을 다해 멀리해야 한다. 사실 이건 거의 모든 일에 해당한다.

정말 열심히 관리한다고 했는데

호르몬과 난자를 측정할 수 있다는 사실을 나는 모르고 살았다. 내 경우에는 측정 결과가 아주 정확했다. 그러니까 과학적으로 정확히 언제를 전후해서 모든 일이 일어날지를 알려 주었다는 말이다. 그런 식으로 호르몬이 어떤 상태인지도 알 수 있고 또 난자가 얼마나 남아 있는지, 그러니까 저장량이 얼마나 되는지도 대략 알 수 있다. 그걸 '난소 예비력'이라고 부른단다. 여자들은 각자 일정량의 난자를 가지고 있는데 나이가 들면서 점차 감소해 간다. 늘어나지는 않고 계속 감소하기만 한다. 생리할 때마다 줄어드는 일종의 카운트다운 같은 것이다. 나는 아직 자신이 영원불멸이라고 믿는 모든 여성들에게 매번 생리할 때마다 축하하고 즐기라고 말하고 싶다. 또 생리 주기를 지문처럼, 목숨처럼, 자기 자신만의 고유한 그 무엇으로 아끼고 귀하게 여기라고 말하고 싶다.

난자가 다 없어진 후에도 간혹 생리를 하기도 한다는 걸 나는 몰랐다. 전부 다 농담인 줄 알았는데 그게 아니었다는 사실을 알게 된 순간은 정말이지 당황스러웠다. 한방에 나가떨어진 기분이었다. 그런데 분석 결과는 더할 나위 없이 명확해서 충분히 이해할 수 있었다.

차츰 폐경이 단순히 다시는 생리를 하지 않는 것 그 이상이라는 사실, 내 몸 안에 일어나는 호르몬 변화의 결과이며, 측정 가능한 노화 과정에 직면하고 있다는 사실을 이해하게 되었다. 그때는 산산조각이 나는 기분이었다.

내가 바다코끼리처럼 느껴지는 것으로도 부족해 60대의 주름살을 20년 먼저 갖게 되는 게 아닐까 상상하곤 했다. 사실 주름살보다 더 최악은 내 신체 나이가 내 또래보다 훨씬 더 늙었다는 점이다. 내가 폐경과 연관 지어 알고 있던 것이라고는 골다공증이 전부였고 편집증적 우울증 단계에서는 내 뼈가 전부 부러지는 꿈을 꾸기까지 했다.

모든 게 꼭 들어맞았다. 내 꿈, 의사들, 구글 검색 결과 그리고 내 환상. 아주 위험한 조합이었다. 피부 조직이 늙는 것은 여성 필수 호르몬인 에스트로겐의 보호막을 잃어 건조해졌기 때문이라고 나 혼자 소설을 쓰고 있었다. 내 몸속 기관들이 건조해지면서 표면, 그러니까 피부가 건조해진 거라고, 그래서 주름살이 생긴 거라고. 그리고 건조하다는 것은 생명력을 잃어 간다는 걸 의미한다고 생각했다.

내 산부인과 담당 의사는 나를 안심시켰다. 인간의 몸

에는 신체 기능 각각을 조절하는 다른 많은 호르몬이 있고, 폐경도 일부 책임이 있지만 모든 현상이 그 때문은 아니라고 말해 주었다. 또 생식 능력이 청춘의 동의어라는 점은 확실하지만 이제 더는 임신을 하지 못한다는 사실이 반드시 인체의 일반적인 노화와 크게 관련이 있는 건 아니라고도 말해 주었다.

사실 모든 스트레스가 우리를 조금씩 소모시키고 노화로 이끈다. 신체적 스트레스뿐만 아니라 정신적 스트레스도 마찬가지이다. 스포츠를 예로 들어보자. 당신이 스포츠를 별로 좋아하지 않는데 제대로 훈련도 받지 않은 상태에서 운동을 하게 되면 그건 큰 스트레스가 된다. 와인도 마찬가지이다. 매일 한 잔씩 마시면 건강에 좋다고 말하는 전문가들이 있지만, 일정량을 넘어서게 되면 항산화제에서 산화제로 탈바꿈하게 된다. 인체에 스트레스가 된다는 것이다. 여기에서 유추해 보건대 술에 취하는 것은 훈련 없이 마라톤을 뛰는 것만큼이나 역효과를 낼 수 있다. 하지만 누군가는 잊기 위해 술을 마시거나 달리거나 한다. 그러니 각자가 자신에게 가장 잘 맞는 방식으로 스트레스를 다스리는 게 제일 좋다. 중요한 건 어떤 식으로든 정신을 맑게 하는 것일 테니까.

스포츠, 산화스트레스, 내 감정, 그 감정을 가볍게 하는 일. 정말이지 인생은 복잡하다. 폐경은 내가 늘 해 오던 운동의 리듬을 다른 활동으로 바꿀 것을 요구했다. 젊은 사람들이랑 함께하는 대신 혼자 하도록 만들었다. 음악을 틀어 놓거나 아니면 고요하게 혼자 요가를 하거나 자전거를 타고 산책을 하도록 말이다. 부드럽게, 절대 한계치까지 다다르지 않고, 나 자신을 느끼는 것 이외에 더 이상의 목표를 세우지 않은 채로 움직였다. 시간을 정해 놓지 않고 가능하다면 야외로 나갔다.

어느 날 해 질 무렵 맥박계와 자전거 주행미터기를 챙겨 자주 다니던 짧은 코스를 돌았다. 동네 낮은 산은 그날 저녁 회색과 구릿빛이 뒤섞인 빛깔이었다. 그 길에는 내가 제일 좋아하는, 살바도르 달리의 여인 갈라가 묻혀 있는 성이 있었다. 그 성에 이르는 비밀 코스를 지날 때 독수리 두 마리가 나와 같은 길로 날아가고 있었다. 구애하고 있었는지, 아니 사냥을 하고 있었는지도 모른다. 나는 그 둘이 갈라와 살바도르 달리라고 상상했다. 그리고 나의 상상은 영화 '레이디 호크'에까지 이르렀다. 이 영화는 추기

경의 마법에 걸려 여자는 낮이면 매로 변하고, 남자는 밤이면 늑대로 변해 사랑을 이루지 못한다는 내용이다. 실제로 영화 속 두 주인공은 막 해가 지고 달이 뜨려는 무렵 만나곤 했다.

환상에서 깨어난 나는 자전거를 멈추고 해바라기가 한껏 피어난 들판에 멈춰 섰다. 늘 그 길을 달렸으면서도 여럿이 함께 대열을 이루며 달릴 때는 그런 생각을 해 본 적이 없었다. 아마 절반 남은 바나나를 지금 먹을까 말까 생각하며 지나쳐 갔을 것이다. 그렇게 조금씩, 약간은 다른 방식으로 운동을 즐기면서 폐경과 나는 스포츠 매니아에서 운동을 즐기는 사람으로 변해 갔다. 그냥 그렇게, 자연스럽게.

세르히는 환하게 미소 지을 때 드러나는 새하얀 치아가 매력적인 물리치료사이다. 코 한쪽에 난 사마귀 때문에 목매고 달려드는 여자, 혹은 남자가 꽤 있을 것이다. 그런데 세르히는 매력이 넘칠 뿐만 아니라 통증, 특히 등의 통증을 가라앉히는 데 최고의 프로이다. 안타깝게도 마사지는 하지 않지만 아주 다양한 기술을 혼합해 사용한다. 어느 날 침대에 누워 여러 각도에서 그의 생김새를 살

펴보면서 미국 드라마에 나오는 배우와 똑같이 생겼다는 생각을 했다. 갑자기 웃음이 터져 나왔다. 멋쩍어진 나는 웃음을 무마시키기 위해 좀 진지한 질문을 던지지 않을 수 없었다.

- 왜 웃어요?
- 아니, 아무것도 아니에요. 뭐가 생각나서요. 하하하! 근데 뼈를 튼튼하게 하려면 어떡해야 할까요?
- 뼈는 충격이 필요합니다. 그래야 재생이 돼요. 만약 수영을 좋아하시고 수영으로 긴장이 풀린다면 그것도 좋아요. 하지만 충격이 있는 활동을 병행하셔야 합니다. HIIT 라고 들어 보셨어요?
- 아니요.
- 고강도 인터벌 운동(High Intensity Interval Training)을 말하는데요, 고강도 운동을 여러 번 반복하는 겁니다. 인간이 수백만 년 전에 생존을 위해 했던 움직임을 모방한 거죠.
- 아아아, 너무 시원해요. 그런데요?
- 생각해 봐요, 펄쩍 뛰기, 기어 다니기, 기어오르기, 전력

질주하기……. 그러니까 사냥을 하거나 공룡에 쫓겨 달아나거나 나무에서 열매를 딴다고 상상해 보세요.

– 말 되네요! 그러니까 크로스핏을 말하는 거죠?

– 바로 그거예요.


내 친구 나탈리아는 나와는 다르다. 주변에서 일어나는 일을 다 알고 싶어 하지도 않고, 심하게 아프기 전에는 병원에 가지도 않는다. 엄마가 약사인데도 약 먹는 걸 싫어하고 여러 다양한 것들로 정신을 분산시킬 줄 안다. 그리고 칵테일 중 럼앤콕 한잔하는 걸 아주 좋아한다. 아니 두 잔이나 석 잔이면 더 좋다. 강렬하고도 끈질긴 습관이다. 우리는 열아홉 살 되던 해 수구팀에서 만났다. 우리 남자가 번식의 욕구로 들끓던 나이였다. 매일 밤 훈련하고 공부하고 일하고, 시합 전날 밤에도 파티를 즐기러 나가던, 잘나가던 시절이었다. 나탈리아는 가슴이 아주 컸다. 반면 난 멋진 엉덩이를 가지고 있었기 때문에 우리는 각기 다른 매력을 발산했고 또 우리 사이에 무언의 협약이 맺어져 있었던 까닭에 남자를 두고 싸우는 일은 없었다. 실제로 몇몇 여자아이들의 행동은 아주 문란해 수습이 어려운 소란이 나곤 했다. 우리는 한순간 달아오른 기분을 가라앉히기 위해서 친구와 남자를 두고 싸울 가치가 없다는 걸 잘 알고 있었다.

나탈리아는 몇 년간 수영을 그만두었다. 그러다 어느 날 엘리베이터를 타지 않기로 결심하고 어디든 걸어 다녔고 내키지 않아 하면서도 나와 함께 동네 크로스핏 동호회에 등록했다. 그렇게 10킬로그램을 뺐고 이제는 자신이 날렵하고 단단해졌다고 느낀다. 나탈리아는 갱년기가 신경과민 쪽으로 왔다. 그래서 태극권과 요가를 해 보았지만, 나탈리아에게는 너무 지루했다. 요가 선생님이 우주에 관한 이야기를 시작하면 웃음이 나와 참을 수가 없었고, 함께 요가를 하는 사람들의 숨소리가 들리면 그게 신경이 쓰여 집중할 수가 없었단다. 사실 나탈리아는 말이 많고, 가만히 있지 못하는 타입이다. 결국 나탈리아는 장거리 수영을 하는 것이 만트라(기도문)를 외는 것과 다를 바 없으며, 팔 한 번 저을 때마다 상상만으로도 충분히 사트 남(Sat Nam, 만트라 중 하나로 나는 진리이다라는 의미)을 욀 수 있다는 것을 깨달았다. 그러니까 이런 것 아닐까.

사트 남……

정말 열심히 관리한다고 했는데

샤트 남……

샤트 남…….

왼팔……

오른팔……

왼팔…….

세 번에 한 번 숨만 쉬면 된다. 그리고 무엇보다 좋은 건 말을 할 필요도, 할 수도 없다는 거다.

잠 못 드는 밤

내 친구 시오는 내가 밤새 잠 못 들었던 이야기를 듣더니 나를 비웃었다. 시오는 어떤 문제건 늘 자기만의 해결책을 가지고 있다. 궁수자리답게 과감한 시오는 내가 어째서 의사를 찾아가지 않는지, 자기가 먹는 그 마법의 약을 처방받지 않는지 도저히 이해할 수 없다고 했다. 사실 시오의 말이 옳다. 나도 내가 왜 의사를 찾아가지 않았는지 알 수 없다. 아마도 약에 의존하게 될까 봐 겁이 나서였을 것이다. 하지만 어느 날인가 시오가 준 약을 먹고 아주 편안히 잠이 들었다. 다음 날 아침 비행기를 놓치기는 했지만.

　푹 자고 난 다음 날 아침에는 세상이 다르게 보인다. 모든 문제가 그대로이고, 의무감의 무게도 여전하지만 미소 띤 얼굴로 견딜 수 있었다. 모든 게 더 간단해진다. 사실 새로울 건 없다. 그러니 잠들기 위한 당신만의 해결책을 찾아라. 커피는 오전에만 마신다든지 하는 다양한 방법이 있을 수 있다.

　테레는 아주 차분한 여자이다. 놀랄 만큼 침착하다. 테레는 어떤 이유로도 수면을 방해받아 본 일이 없다고 했다. 뇌에 격자문 시스템이 있어 매 순간 자기가 하는 일에 주의를 집중할 수 있는 엄청난 능력을 부여받은 것 같았다. 격자문을 열고 일을 시작한다. 그 문을 닫고 아파트를 구하러 다닌다. 다시 문을 열고 아이 숙제를 봐 준다. 또다시 문을 닫고 아이를 전남편 집으로 데려다 준다. 문을 열고 소개팅에 나갔다가 문을 닫고 잠자리에 든다. 그렇게 테레는 문을 닫고 열고 하면서 아주 성공적으로 철저히 분리된 방식의 삶을 살아가고 있었다. 폐경기를 맞이하기까지는 그랬다. 테레는 폐경 이후로 잠들지 못했다. 두 눈을 부릅뜨고 몇 시간이고 시간을 보내는 것이다. 때로는 다른 문을 열지 않고 침대에 머물러 있을 때도 있었다. 그러다 보면 초조함을 못 이기고 아이패드를 집어 든다. 인터넷에 떠돌아다니는, 잠들기 위한 충고들을 보면 휴대전화를 보는 것이 최악이라고들 한다. 그래도 테레는 적어도 뉴스에는 빠삭해진다고 말한다.

누리아는 간호사이다. 밤이면 몸이 후끈 달아오르는 증세가 있었다. 침대 시트가 땀에 흠뻑 젖은 채 밤을 꼴딱 새우기 일쑤였다. 온종일 쉬지 않고 일하고 야간근무까지 하고 와도 쉽사리 잠들지 못했다. 그녀는 거의 미칠 지경이었다고 했다. 물론 이제는 이런 정신 나간 시간표

대로 사는 데 익숙하다고 말했다. 그 와중에 철저한 직업 정신과 의욕을 가지고 훌륭히 일을 해내다니, 영웅이 따로 없다.

그런데 누리아만 침대 시트를 적시는 게 아니었다. 누리아의 파트너에게도 종종 같은 일이 일어났다. 그가 땀을 흘리는 이유가 아직 마땅한 이름이 없는, 혹은 아직 아무도 고백하지 않은 일종의 남성 갱년기 때문일 수도 있다. 어쩌면 이미 많은 남자가 겪고 있는 문제인데 누구도 감히 말을 꺼내지 못하고 있는지도 모른다. 어쨌든 누리아와 파트너는 자다가 일어나 시트를 갈고 가끔은 잠시 이야기를 나누기도 하고 서로를 끌어안고 있다가 다시 잠들곤 한다고 했다. 그렇게, 서로 몹시 사랑하면서.

한번은 아주 매력적인 하와이 여자 말리아에게 방을 하나 세놓은 적이 있었다. '말리아'는 우리에게 '마리아' 만큼이나 흔한 이름인데, '잔잔하고 고요한 물'을 의미했다. 말리아에게 폐경을 알리고 나서 나의 잠 못 드는 밤에 관해 이야기해 주었다. 혹시 한밤중에 이상한 소리가 나도 걱정하지 말라는 뜻에서였다. 그러자 말리아는 자기 부족의 할머니, 어머니 그리고 풍습에 관해 들려주었다. 나는 그 이야기가 놀랍기도 하고 또 아주 마음에 들었다. 말리아는 카후나라고 부르는 하와이 부족 출신인데 '후나'는 비밀이라는 뜻이고 '카'는 비밀을 아는 사람을 뜻했다.

나는 하와이에 대해 아는 게 별로 없었지만, 순간 화산, 서핑, 큰 파도가 떠올랐다. 빨간색 페라리를 타고 달리는 배우 톰 셀렉, 제우스, 아폴로 그리고 '알로하'도. 난 '알로하'가 인사말인 줄 알았는데 그 이상의 의미가 담겨 있었다. 조상을 경배하는 하와이 부족들이 아버지에게서 아들에게로 전해 주는, 끈끈하고도 다정하게 행운을 빌어 주는 말이란다. 그러니까 한마디로 사랑이다.

어쩌면 이런 게 아닐까.

– 말리아, 이것 받아. 네 고조할머니의 웃는 얼굴을 네게
 물려주마.
– 고마워요, 엄마.

이제 말리아는 영원의 미소를 띠고 삶을 살아간다. 그리고 말리아를 통해 그 미소는 영원히 남게 된다.

그런데 미소, 그리고 다정하고도 넘치는 사랑뿐만 아

니라 무엇보다 카후나 부족은 대대로 잠드는 비법을 알고 있었다. 아니 어떠한 정신적 고통도 분산시키는 방법을 알고 있다고 해야 할 것이다.

그건 바로 피코-피코이다. 앞의 피코는 정수리를 의미한다. 그리고 뒤의 피코는 배꼽이라는 뜻이다. 우연히도 정수리와 배꼽이 같은 말이다. 정수리는 7번 차크라(chakra)와 연관이 있는데 몸 전체와 연결되어 있고, 배꼽은 2번 차크라와 연관되어 성행위, 그리고 나아가 타인과의 관계와 관련이 있다. 차크라는 인간 신체 중 정신적 힘의 중심점 가운데 하나를 말한다.

말리아가 권한 방법은 다음과 같다. 잠들기 전, 정수리에 신경을 집중시키고 머릿속으로 그림을 그리며 숨을 들이마신다. 그리고 다시 배꼽에 주의를 집중하면서 숨을 내쉰다. 작은 관이 두 지점을 연결하고 있다고 생각하고 숨을 쉬는 것이다.

자, 좋다. 이제 카후나 부족 말리아의 지도에 따라 이 호흡법을 실천해 보자.


– 우주의 에너지가 정수리로 들어왔다가 배꼽으로 퍼져

간다고 상상해 보세요. 색색의 빛무리가 관을 통과한다고 말이죠.

- 오, 복잡하군요, 그렇게 애매하게 설명하면 어려워요. 좀 단순하게 말해 줘요.

- 하하하! 알겠어요. 보세요, 숨을 완전히 들이마셔요. 먼저 배를 채우고, 그다음 갈비뼈, 다음 쇄골까지 숨을 채워요. 그런 다음 반대로 숨을 내쉬는 거예요. 먼저 쇄골을 비우고, 다음 갈비뼈 그리고 마지막으로 배를 비우는 거죠. 내쉬고, 내쉬고, 내쉬고. 다시 공기를 채울 힘이 생기면 똑같은 과정을 다시 시작하면 돼요. 잠들 때까지 반복하세요.


이 이야기를 내 어릴 적 친구이자 요가 강사인 주디스에게 해 주었다. 배운 것을 자기 것으로 만드는 데 열심인 내 친구 주디스는 소위 태핑(tapping)이라고 하는, 얼마 전에 배운 미국 기술에 피코-피코를 접목했다. 금상첨화였다. 간단히 설명하자면 집게손가락과 가운뎃손가락을 가볍게 구부린 다음 두 손가락 끝으로 마치 딱따구리 부리로 쪼듯 다른 쪽 손날을 두드리는 동작이다.

잠 못 드는 밤

피코-피코(호흡), 콕콕콕콕(두드리기).

아주 마음에 들었다. 양을 한 마리, 두 마리 세며 잠을 청하던 방식의 새로운 버전이다.

이것저것 하다 보면 호흡을 하는 건지, 손을 두드리는 건지, 양을 백 마리째 세고 있는 건지 알 수 없게 된다. 진정하고 가라앉히는 효과에서 저절로 마음 챙김으로 가게 된다.

잠자리에 들기 전에 하면 아주 유용한 요가 자세들도 있다. 예를 들어 이제부터 이야기할 다섯 가지 자세는 긴장을 풀어 주는 데 아주 효과적이다. 세상천지가 고요한데 당신만 그렇지 않다면 이 자세를 적극 권하는 바이다.

• 아도 무카 스바나아사나
  견상자세, 다운독이라고도 한다. 내게는 "한방에 진정되라, 얍!"이라고 하는 것 같은 자세이다.

• 프라사리타 파도타나사나
  다리를 벌려 뻗고 상체를 숙이는 자세. 골반기저근의 운동을 도와주기 때문에 내가 좋아하는 자세이다.

- 비파리타 카라니

  누워서 벽에 다리를 올린 자세. 나는 이 자세를 정말
  좋아해서 몇 시간이고 이 자세를 유지할 수 있다.


- 아르다 할라아사나

  일명 쟁기 자세. 정확한 동작을 취하기가 정말로 어렵
  지만 제대로 하기만 하면 생각이 꼬리를 무는 뇌에게
  "꼼짝도 못 하겠으니 이제 그만 나를 좀 내버려 둬!"
  라고 말하는 것 같은 자세이다.


- 세투 반다 사르방가사나

  일명 브릿지 자세. 엉덩이를 단단하게 해 준다고 하지
  만 않았어도 너무 불편해서 건너뛰고 싶은 자세이다.


주디스는 긴장 완화를 목적으로 하는 특수요가를 가
르친다. 일명 니드라 요가이다. 수강생 그룹에게 잠들기
전 준비 단계로 신체적, 정신적 긴장을 풀어 주기 위한 말
을 할 때가 있다. 하지만 때로 말하고 싶지 않을 때면 음
악만 틀어 주고 주디스는 명상에 잠기기도 한다.

음악에 관심이 많은 주디스는 어느 날 가수 겸 사진작가 모비의 인터뷰를 읽고 그가 가엾게도 네 살 때부터 불면증에 시달려 왔다는 걸 알게 됐다. 순회공연을 하면 보통 잠을 못 이루기 때문에 거리로 뛰쳐나가 텅 빈 도시 사진을 찍는다는 것이다. 그래서 아주 흥미로운 그래픽 사진들이 탄생하게 되었나 보다. 뉴욕에서 로스앤젤레스로 이사한 그는 '롱 앰비언츠1: 평온하라. 잠들라(Long Ambients1: Calm. Sleep)'라는 앨범도 냈다. 이 앨범에는 20분 이상 되는 긴긴 노래들도 있다.

주디스는 그중 마음에 드는 노래 3곡을 골라서 긴장을 풀기 위한 니드라 요가 수업 시간에 틀어 준다. 그러면 수강생들은 모두 결국 코를 골게 된단다.

새로운 시도, 멋진 만남

안나는 쾌활하고, 근사한, 전형적인 영국 스타일의 젊은 여성이다. 강렬한 삶을 즐기고, 무엇보다도 적재적소에 적절히 유머를 구사할 줄 안다. 안나는 오랫동안 여자 상사와 일했는데 이 여자는 자신이 아주 멋지고 우주에서 가장 독보적인 존재라고 믿는 사람이었다. 그 아래에서 살아남기 위해 안나는 신중하고도 영리하게 대처하는 법을 익히게 되었다. 월요일마다 사무실에 들어서면 여자 상사와 이런 장면이 연출되었다.

- 안나, 이번 주말은 정말 굉장했어. 내가 요즘 사귀는 남자가 백만장자거든. 나를 자기 요트에서 여는 파티에 초대했는데 온갖 유명한 사람을 다 만났어.
- 그래요?
- 그 남자 나한테 푹 빠졌어.
- 오호.
- 안나는 주말 잘 보냈어?
- 최고였어요. 종일 온 집 안의 커튼을 다 빨았죠.
- 잘했네. 그런데 그 보고서 4개 말이야. 오후 3시까지 끝나지? 사장이 보자고 했거든.

나는 한 번도 친구가 많았던 적이 없었다. 본래부터 그런 사람이었고 아무런 문제도 없었다. 폐경과 떼려야 뗄 수 없는 사이가 되자 폐경은 내게 외로움을 강요했다. 내가 받아들이지 않으려고 하면 더 큰 외로움을 안겨 주었다. 어떤 식으로든 폐경은 당신이 있어야만 하는 자리에 당신을 가져다 놓는 재주가 있다. 그 즉시로는 그걸 이해할 수 없었고 그래서 오랫동안 아파야 했지만 말이다.

점성술을 잘 아는 내 친구 인마는 언제나 내게 이렇게 말한다. 가끔 멈춰 서서 삶이 당신에게 주는 것들을 그대로 받아들이지 않으면 삶이 강제로 당신을 멈춰 서게 할 때가 있다고. 그러니 가끔은 그대로 멈춰서 삶이 당신을 이끄는 대로 내버려 두라고. 그렇다고 해서 언젠가 다가올 운명을 받아들이기 위해 낚시를 던지는 일을 그만둬 버리라는 말은 아니라고.

갑자기 나는 모임을 만들고 싶어졌다. 마녀들의 저녁 식사처럼 여럿이 어울려 웃고 떠들고 싶었다. 동물 중에서 무리를 지어 살아가는 종의 암컷들은 생리도 같은 날짜에 한다고 한다. 그렇게 해서 냄새도 같아지고, 발정기도 같아서 수컷이 매번 암컷 하나를 두고 싸우지 않도록 한

　　　　　　　　　　　새로운 시도, 멋진 만남

다는 것이다. 정말이지 이상하게도 내게 여성성이 바닥났다고 느낀 순간 나는 무리를 짓고 싶어졌다.

나는 폐경이 내가 있어야 할 곳, 내게 가장 적합한 마녀들의 비밀 집회에 나를 데려다 놓은 것 같았다. 의욕도 생기지 않고 온몸이 아파 운동은 생각할 수 없었다. 그래서 다른 흥미 있는 수업에 등록하게 되었고 거기에서 멋진 여자들을 만날 수 있었다. 나를 잘 알지 못하면서도 나를 힘껏 안아 주는 여자들 말이다. 이 여자들은 까칠하기 이를 데 없는 나에게 도전장을 내밀었고 나는 이 여자들과 인사를 나눈 지 겨우 사흘 만에 10초간의 긴 포옹 끝에 굴복하고 말았다. 정말 멋진 경험이었다.

아이가 있는 사람도, 나처럼 아이가 없는 사람도 있었다. 바다코끼리로 변해 가고 있다는 이유로, 혹은 성적 욕구가 사라져 가고 있다는 이유로 자기를 버린 어떤 남자를 그리워하느라 인생을 허비한 사람도 있었다. 하지만 전에 무엇을 했건 간에 지금 우리는 그게 최선이었음을 알고 있다.

나보다 나이도 많고 멋진 그 여자들은 나를 여행에도 데려가고 저녁 식사에도 초대하고 와인도 함께 즐겼다.

얼마나 웃어 댔는지 폐경의 긴장도 풀려 버렸다.

또 다른 모임에서는 입술을 새빨갛게 칠하는 것이 얼마나 기분을 업 시켜 주는지 배웠다. 그리고 비록 내가 폐경기라고 해도 내가 여전히 영락없는 여자라는 사실도 알게 해 주었다. 이 모임의 이름은 레드 립스(Red Lips). 서로 의지하며 서로에게 선물도 하고 서로에게 칭찬도 해 주고, 함께 춤도 추고 무엇보다도 모두 입술을 붉게 칠한다. 그게 이 모임의 상징이다. 이 여자들과 함께 다니려면 그렇게 해야만 한다. 나쁘지 않았다. 전에는 한 번도 붉은 립스틱을 바른 적이 없었지만, 이제는 입술을 칠하지 않고는 외출하고 싶지 않았다.

부르넬라처럼 나도 작은 손거울을 하나 살 참이다. 이탈리아 출신의 스타일 좋은 부르넬라는 2초 만에 화장을 끝내는 진정한 메이크업의 대가이다. 마주 앉아 당신이 말을 하는 동안에 화장을 끝내 버려도 당신은 눈치를 채지 못할 것이다.

마카와 서양고추나물, 서양승마를 거쳐 정골요법과 요가, 피코-피코, 빨간 립스틱 바르기, 포옹하기, 와인, 친구들과 깔깔대며 웃기 같은 대체 요법을 실행에 옮겨 보았다. 모두 효과가 있었다. 그리고 모든 것의 마무리는 맥주 한 잔이었다. 이후 나는 매일 맥주를 한 잔씩 마신다. 폐경기는 내게 맥주 호프 속에 있는 뭔가를 요구하는데 거부할 수가 없다. 올리브에게도 'No'라고 말하지 못하는데 이건 또 다른 이야기이다. 그러니까 결국 내 마음이 내 호르몬 변화보다 더 강력하다는 것이다.

아이를 낳을 수 없어도

카라카스에 사는 삼촌 부부는 서로 몹시 사랑하며 50년간 결혼 생활을 유지해 왔다. 두 분은 식탁에 앉아 식사하면서 이런 농담을 주고받는다.

– (음식을 보며)어때요, 여보?
– (아내 얼굴을 보며)별로야.


내가 알게 된 수많은 사실 중 하나는 남자들은 가끔 당신이 무슨 말을 하고 있는지 알아듣지 못한다는 것이다. 이건 젊은 여성들도 마찬가지이다. 당연한 일이다. 자신이 영원불멸이라고 믿을 때는 보통 그러기 마련이다. 분명 나도 그런 시절이 있었다.

얼굴이 후끈 달아오르고 또 다른 신체적 변화를 겪게 되는 것 그 이상으로 분명한 것은 누구도 우리에게 폐경에 대해 이야기해 주지 않았다는 것이다. 사실 타인이 겪는 일에 관심을 기울이는 사람은 없다. 그렇지만 이건 또 다른 문제다.

내 사촌 남동생은 여자를 무척 좋아한다. 아마 여자도 많이 사귀었을 것이다. 그 애는 언제든 옆에 있어 주고, 부

르면 달려오는 여자가 가장 매력적이란다. 그런데 내 생각
은 다르다. 더욱이 내가 폐경이 된 이후로는 더더욱 그렇
다. 나는 남자들이 눈에 들어오지 않는데 남자들에게 나
는 그렇지 않은 듯했다. 나는 별 관심 없는데 그럴수록 더
내게 관심을 보이는 것이었다.

　─ 남자들이 눈에 안 들어와.
　─ 지금은 그렇겠지. 네 일에나 신경 써.
　─ 그 남자들이 어떤 의도가 있는 거라면 얘기는 다르지만.
　─ 어떤 의도가 있기를 바라는데?

　생식 능력이 곧 사라질 것을 알고 행동에 나서는 순간
이 있었다. 자궁이 광란을 일으켜 오로지 출산을 위해 섹
스를 갈구하는 그런 순간이다. 느리게 움직이던 당신의
엔진에 최후의 순간이 다가왔고, 자연은 법칙대로 운행될
뿐임을 본능적으로 느끼는 순간이다. 이때는 위험하고도
필사적인 힘이 작용해 별로 공감할 줄 모르는 사내의 품
에 당신을 내던질 수도 있다. 그런데 상대의 기분이나 감
정은 배려하지 못했을지도 모른다. 그렇다 한들 어쩌겠는

　　　　　　　　　　　아이를 낳을 수 없어도

가. 한 번쯤은 당신도 당신 생각만 할 수 있는 거 아닌가. 시작으로는 나쁘지 않다. 폐경기는 자신이 무슨 일을 하는지 잘 알고 있다.

내 친구 에스테르는 아주 예쁘다. 키도 크고 생기가 넘친다. 폐경이라고는 믿기지 않을 만큼 고운, 도자기 같은 피부를 가지고 있다. 북아프리카에서 온 세파르디계 유대인이니까 가족 중에 아프리카계 유전자가 있는 게 분명하다. 그러니 피부가 그렇게 새하얀데도 탄탄하고 저항력이 있는 이유가 모로코 혈통 때문이라고 말해도 전혀 이상하지 않을 것이다. 그런데 에스테르는 한 번도 모성 본능을 느껴 본 일이 없다. 그녀는 가문의 이름과 혈통을 보존하라는 압박과 유대인 여인이기 때문에 져야 하는 책임에서 벗어나려고 맨해튼으로 이주했다. 그녀에게 가장 심하게 잔소리를 하는 사람은 할머니였다. 그래도 내가 아는 한 일반적으로 유대교 전통 모계 사회에서 가하는 압박보다는 훨씬 현대적인 방식의 압박이었다. 내가 이렇게 잘 아는 이유는 에스테르의 할머니와 내가 아주 잘 맞아서, 할머니가 나를 독신주의자인 당신 손자와 연결해 주려고 하셨기 때문이다. 절대 개종하지 않아도 된다고 약속하시면서 말이다.

에스테르는 엄마가 되고 싶은 생각이 전혀 없었다. 전혀. 만약을 위해 난자를 냉동시켜 놓으려고 병원에 예약도 잡았지만 결국 가지 않았다. 아직 임신이 가능했을 때에는 유대교 혈통에도 불구하고 자신의 본능에 충실했다. 그러다가 폐경이 에스테르에게 일종의 경고 메시지를 보내 왔다. 딩동! 하고. 그리고 에스테르는 모성애의 마지막 호출을 의미심장하게 받아들였다. 나의 5%의 가능성, 사막에서 길을 잃은 모험가에게 남은 30ml의 물 같은 가능성을 말이다.

그때는 구름이 뇌를 가리고 자궁까지 내려온 것 같았단다. 느리게 가던 엔진이 다시 시동을 걸면서 자궁에 광란의 불길이 붙은 것 같았다고 했다. 그때 에스테르는 '없는 것보다는 나은' 남자들에게로 시선을 돌렸다. 그리고 데이트를 시작했다. 몸에도 마음에도 아무런 보호 장치를 착용하지 않고 말이다. 그건 본능이 그렇게 요구했기 때문이었다. 그리고 늘 그랬듯이 그 본능에 충실했다. 위험을 무릅쓰고 경계선까지 다가갔지만, 여하간 본능에 충실했다. 그런 행동은 구름이 걷힐 때까지였다. 그리고

아이를 낳을 수 없어도

에스테르는 다시 본래의 자기 자신으로 돌아왔다.

카르미나와 카르미나의 남편은 다시 연인 시절을 즐기고 있었다. 사춘기를 벗어난 두 아들이 있었지만 각자의 삶을 즐기러 떠났기 때문에 둘만 남았다. 둘은 카르미나의 폐경을 극진한 사랑과 유머로 맞이했다. 무엇보다도 카르미나는 피임약을 끊고 싶어 했다. 어느 여름밤, 파티를 마친 후 한잔 더 하면서 둘은 아무런 보호 장치 없이 달아올랐고 그 결과 니콜라스가 태어났다. 지금은 더할 나위 없이 애지중지하지만, 임신 사실을 알았을 때 카르미나가 내지른 첫마디는 바로 이것이었다.

- 말도 안 돼, 말도 안 돼!


폐경이라는 말을 듣는 순간 마치 귀신이라도 본 양 놀라며 냅다 도망치는 남자들이 있다. 또 당신이 아이도 없고, 앞으로도 자연적인 방법으로는 아이를 가질 가능성이 없어서 거저먹을 수 있는 여자라고 생각하는 남자들도 있다.

내가 폐경을 고백한 지 얼마 되지 않았을 때, 아직 날씬하고 탄력 있던 시절 명민하고 대화가 통하는 남자와 몇 달간 데이트를 한 일이 있었다. 다른 남자들과는 아주 다른 방식으로 침대에서 나를 즐겁게 해 주던 남자였다. 그가 내 몸을 음미하며 즐기는 방식은 나의 성적 욕구 그리고 나의 자존감이 아무 생각 없이 즐길 수 있는, 삶이 주는 아주 완벽히 시의적절한 선물이었다. 잘 내린 결정이라고 생각했다. 크리스마스 무늬가 프린트된 잠옷을 입고 스코틀랜드풍 체크 무늬에 구식 헤어스타일을 한 남자이기는 했지만, 침대에서의 즐거움 덕분에 그쯤은 가볍게 무시할 수 있었다. 그와 나는 폐경에 관해 많은 이야기를 나누었고 그러는 중에 그가 꽤 감각 있는 사람이라고 생각하게 되었다. 나의 이야기에 귀를 기울여 주었고 또 어느 날 아침 일어나 보면 베개 밑에 보석이 든 선물 상자를 숨겨 두기도 했다. 오드리 헵번이 지방시 옷을 입고 들여다보는 쇼윈도에 그려져 있던 그 로고, 파란색 상자로 유명한 주얼리 브랜드 말이다.

하지만 얼마 가지 않아 그 남자는 살찌지 않도록 조심하라는 말을 대놓고 했다. 자기는 마른 여자가 좋다는 것이 이유였다. 자신을 불멸이라고 믿는 인간 특유의, 갱년

아이를 낳을 수 없어도

기 증세에 대항해 싸우는 것이 얼마나 모순된 일인지 전혀 깨닫지 못하는 남자였다. 그리고 한 사람의 가치는 보석상자 속에 담겨 오는 게 아니라는 사실도.

나는 그를 위해 공주가 되기보다 바다코끼리인채로 남기로 했다. 지금은 그에게 감사한 마음이다.

그 이전에 내게는 무척 사랑한 사람이 있었다. 하지만 우리는 서로의 생각을 제대로 표현하는 방법을 몰랐다. 아직 폐경이 되기 전이었지만 당시 나는 이미 달라져 있었다. 나보다 열다섯 살이 많았던 그는 내가 그에게 관심도 없고 그를 원하지도 않는다고 생각했다. 내가 전처럼 쉽게 흥분하지 않았기 때문이다. 그는 우리 관계에 끊임없이 문제를 제기했고 그로 인해 우리는 큰 심적 고통을 겪었다.

그로부터 5년 뒤 우리는 다시 만났다. 때로는 서로에게 화를 내기보다 점잖게 헤어지는 것이 더 나을 때가 있다. 그때는 폐경에 관한 글을 쓰기 시작했을 때였다. 침대에 누워 그에게 원고의 일부분을 읽어 주었다. 에센스 오일이 주성분인 러브젤을 사용해 마치 처음인 것처럼 그와 사랑을 나눈 이후였다. 황홀했다.

그는 폐경이 자아를 넘어서는 문제라는 걸 이해하는 듯했다. 그리고 자기도 이제는 예전 같지 않다고 털어놓았다. 어떤 여자와 잠자리를 해도 마찬가지라는 것이다.

남자로서는 사회적으로 털어놓기 어려운 용기 있는 고백이었다. 물론 그렇다고 그가 나처럼 세탁소 남자 주인에게 그런 고민을 털어놓는 건 상상조차 할 수 없다.

한참 뒤 아주 사랑스럽고 로맨틱한 젊은 남자를 하나 알게 되었다. 하지만 이미 폐경을 맞은 나는 단 이틀 만에 큰 소리로 짖어 대며 그를 놀라게 했다. 그는 지나치게 상냥하고 예절 바르게, 아주 달콤하게 굴었고 나는 너무 까칠했다. 휴 잭맨과 맥 라이언이 나오는 로맨스 영화, 황금색 프록코트를 입은 잘생긴 주인공이 과거 19세기로부터 2000년대 맨해튼으로 날아와 여자 주인공과 사랑에 빠지는 그 이야기 속에 들어가 있는 기분이었다. 폐경을 맞기 이전이었다면 어떤 식으로든 동기 부여를 했겠지만 이제는 너무 고지식하고 점잔을 빼는 것 같아 러브젤로도 문제를 해결할 수 없을 듯했다.

폐경을 맞고 나는 독립적으로 사는 것과 상대를 독점하려는 마음 사이에 유지해야 할 미세한 균형에 대해 분

아이를 낳을 수 없어도

명한 생각을 갖게 되었다. 하지만 스스로 불멸이라고 믿는 이들 중에는 나처럼 생각하지 않는 사람도 있는 것 같다.

그렇게 조금씩 남자들과의 관계에서 그리고 커플 관계에서 내가 기대하는 바는 달라지고 있음을 느꼈다. 그리고 내가 꿈꿔 오던 공주 이야기가 지금의 내 삶에서 더는 유효하지 않다는 사실을 깨닫게 되었다.

어떤 의도로든 여러 가지를 시도해 보고, 절망도 하고 또 기대했던 것보다 더 큰 기쁨을 맛보면서 나는 그렇게 자유로워졌다.

창조적인 일에 나서다

내가 아는 몇몇 여자들은 폐경이 등을 떠밀어 창조적인 프로젝트에 나서게 되었다. 자연적으로 생명을 창조해낼 수 있는 능력이 바닥난 순간 이런 일이 일어나다니 흥미롭지 않은가.

한 친구는 남편과 별거하기로 했다. 더는 같은 언어를 사용하지 않는다는 사실을 알게 되었기 때문이다. 다른 나라로 이주해 모든 걸 제로에서 다시 시작하기로 했다. 뭔가 더 많은 것을 찾아, 아니 어쩌면 더 적은 것을 찾아서. 그 친구는 누구보다 창의력이 뛰어났기 때문에 금세 요리에서 자신을 위한 치료법을 찾아냈다. 그녀의 요리에는 프랑스 고급요리학교에서 교육을 받은 듯한 문명의 우아함과 열대의 창조적 무질서가 공존한다. 그걸 어떻게 다 먹어 치우지 않고 요리를 할 수 있는지 그 비밀은 아직 내게 털어놓지 않았다. 아마도 요리를 하느라 너무 바빠서, 요리에 창조성을 발휘하느라 그 모든 걸 극복할 수 있지 않나 싶다. 그런 창조의 과정 덕분에 치료에 쏟는 시간을 아낄 수 있었고 그 원기 왕성한 친구 폐경이 창조의 꽃을 피울 수 있도록 길을 열어 줄 수 있었으리라.

엄마 친구 클라라는 까무잡잡한 피부에 강렬한 눈빛,

환한 미소와 너무나도 여성스러운 엉덩이 그리고 뭐라 설명할 수 없는 고전적인 스타일의 여성이다. 나는 그분에게서 갑자기 열이 오르면 셔츠를 입고 외출하는 것이 좋다는 걸 배웠다. 그러면 언제라도 우아함을 유지할 수 있고 어느 자리에도 갈 수 있으며 또 상쾌하기까지 하다는 것이다. 엄마는 인간의 품위란 물려받는 것도, 돈으로 살 수 있는 것도, 훔쳐 올 수 있는 것도 아니라고 했다. 클라라가 딱 그런 예이다. 누가 뭐라고 하든, 무슨 짓을 하든 상관하지 않았다. 언제나 자기 할 일을 했다. 그것도 잘 해냈다.

클라라의 남편은 첨단 기술 기업의 고위직 임원이었다. 차고에서 시작했다는, 사과 모양의 로고를 가진 회사 말이다. 두 분은 아들 넷을 두었는데 누구라 할 것 없이 모두 잘생기고, 서핑광들이다. 남편은 아주 강인한 사람이기도 했지만 기회가 많았던 시절을 살았던 것 같다. 어느 시대에나 다른 사람들이 뿌려 놓은 씨앗의 열매를 수확하는 세대가 있기 마련이다.

클라라는 오랜 세월 남편을 따라 전 세계를 돌아다니며 살았다. 아이들을 키우는 데 전념했고 남편은 경제적으로 충분한 뒷받침을 해 주었다. 물론 클라라가 좋아서한 일이었다. 폐경이 인생에 다른 무언가를 더 원한다고 그녀에게 말해 주기 전까지는 말이다.

클라라는 남편과 이야기를 나누었고 좋은 동료로서 둘의 생활을 재편성하기로 했다. 그래서 남편은 퇴직을 하고 클라라는 혁신적이고 인기 있는 프랜차이즈 체인점을 꾸려 보기로 했다. 지금 클라라는 본인 스스로 체인점을 경영하고 남편은 손자를 돌본다.

나는 인간의 몸과 마음이 가진 적응 능력에 늘 감탄한다. 여자의 몸은 엄마가 될 준비를 하기도 하고 또 다시는 엄마가 될 수 없는 시기에 맞게 변하기도 한다. 우리의 마음도 점차 그러한 변화에 적응해야만 한다. 그리고 여기에도 준비가 필요하다. 그것이 의식적인 결정(의학적으로든 개인적으로든)의 산물이건, 무의식적으로 동화해 가는 과정의 결과물이건 간에 말이다.

제시카와 안나 마리아를 만난 건 내가 사춘기를 막 지나던 무렵이었다. 아니, 정확히 언제였는지 모르겠지만 대략 내가 소녀였을 무렵 그리고 둘이 젊은 여성이었던 시절이었다. 우리는 오랜 시간 함께 일했다. 그러는 사이 둘은 폐경과 맞닥뜨리게 되었다. 지금에서야 나는 40대에 자궁을 들어내야 했던 둘에게 그 사건이 얼마나 극적인 일이었는지 이해했다. 요즘도 자주 아무런 준비 과정도 없이 급격한 변화를 겪게 된 두 사람을 생각할 때가 있다. 사실 어떤 과도기적 절차도 없이 폐경을 맞는 충격이 어떨지 감히 상상도 할 수 없다.

안나의 창조성은 그림 그리기로 나타났다. 그리고 제시카는 춤을 추고 기타 연주를 했다. 그림을 그릴 때면 안나는 몇 시간이고 스튜디오에 틀어박혀 자신의 감정을 빚어내고 또 마음 깊은 곳에서 나오는 느낌을 풀어놓았다. 게다가 그림도 꽤 잘 그린다.

안나가 까칠하게 구는 날이면 나는 농담 삼아 좀 불안한 상태냐고 물었다. 그러면 안나는 폐경이 이틀 안에 퇴직할 것이고 그러면 연금을 받게 될 거라고 맞받아치면서 환하게 웃었다.

제시카는 기타 연주를 배우려고 동네 합창단에 등록했고 그곳에서 평생 가장 오래 지속할 사랑을 만났다. 둘이 함께 매주 수요일 합창단에서 노래하고 나머지 날에는, 역시 둘이 함께 샤워실에서 노래를 부른다고. 제시카

창조적인 일에 나서다

가 해 준 말이다. 나는 기타를 연주하는 제시카가 너무 부러웠다.

바로 얼마 전 또 다른 친구 이사벨과 자궁, 폐경 그리고 창의적인 활동에 관해 이야기를 나누었다. 이사벨은 영화 애호가이고 건축가이면서 시간이 날 때면 현대무용도 하는 친구이다. 공포영화 페스티벌에 좀비 분장을 하고 영화를 보러 가는, 늘 머릿속이 판타지로 가득 차 있어서 왜 영화 대본을 쓰지 않는지 도무지 이해가 가지 않는 그런 부류였다.

이사벨은 제시카처럼 자궁근종이 있어 엄청난 통증에 시달렸다. 산부인과 담당 의사는 단호하게 자궁을 적출해야 한다고 했지만, 이사벨은 거부했다. 이 현명하고 자연스러운, 아직은 자신이 불멸이라고 생각하는 그녀의 결단이 나는 꽤 마음에 들었다.

– 다 들어내라고? 무슨 그런 소리가 있어? 내가 엄마가 되지 못할 거라는 건 나도 알아, 빌어먹을. 그래도 아직 가능성은 있다고. 아직 생리도 한단 말이야. 호들갑 떨지 말라고!

그때는 예상하지 못했지만 이사벨은 결국 폐경 이후 엄청난 영화 대본을 쓰게 된다.

난 언제나 가수가 될 수 있다면 하고 바랐지만 내 목소리가 거의 고문하는 수준이고 화음도 엉망이라는 걸 진작 알고 있었다. 다음 생이 정말 있는지 모르겠지만 혹시 선택할 수 있다면 한 번쯤은……. 아무튼 폐경은 정말로 부끄러움을 잊게 했다. 그래서 있는 대로 고래고래 소리를 지르며 노래하곤 한다. 정말 못하는 노래를. 혹시라도 또 다른 세상이 있다면, 그리고 그곳에 새로운 삶을 관장하는 사람이 있다면 제발 나를 가엾게 여겨 부활 리스트 한쪽에 올려 주면 좋겠다. 다음 생에 기타를 들고 가죽바지를 입고 노래하는 내 모습을 상상해 보았다.

내키는 대로 노래하고 춤추는 것 외에도 폐경은 나를 글쓰기의 세계로 초대했다. 딱히 목표하는 바는 없지만 열정만큼은 맹렬했고 치유 효과도 있었다.

나는 이미 어떤 창조적 활동을 하고 싶은지를 길게 적은 목록을 가지고 있다. 그리고 그 소망을 어느 정도 이루기 위한 빡빡한 일정도 계획해 두었다.

이제부터 당신의 몸 안에서는 뭔가 창조할 수 없을 거

창조적인 일에 나서다

라고, 적어도 자연적으로는 그럴 수 없을 거라고 폐경이 뻔뻔하게 일깨워 줄 때마다 씁쓸함이 엄습해 왔다. 하지만 상상도 못 했던 이유로 우선순위가 바뀌기도 한다. 중요한 것은 여자임을 잊지 않는 것, 여성으로서 창조적인 활동을 계속하는 것이다.

조기 폐경이어도 괜찮다

폐경기 외로움이 극에 달할 때면 나는 내가 이 세상에 보이지 않는 투명인간이 된 것 같은 기분이 들곤 했다. 분명 내 안의 무언가가 인생의 새로운 단계가 펼쳐지고 있는 거라고, 자신에게 그 안으로 빠져들 기회를 주어야 한다고 말하고 있었지만 솟구치는 분노와 몸이 마비될 것 같은 두려움을 느끼곤 했다.

　어쩌면 너무 젊은 나이에 갑자기 늙어 버린 기분 때문이었을까? 아니면 방금 출산을 마친 또래에 둘러싸여 외로이 폐경을 맞았기 때문일까? 어쨌든 뭔가 잘못된 방향으로 가고 있음이 틀림없었다.

　그래서 한동안 정신과 상담을 받았다. 감당할 수 없는 이 상황에 대처할 방패막이가 필요했기 때문이었다. 정신과 상담을 받는 것은 전혀 나쁜 일이 아니다. 난 변호사를 만나듯, 혹은 정육점 주인과 이야기를 나누듯 정신과 의사를 만나곤 했다. 정육점 주인에게 생선 손질법을 물어볼 수는 없겠지만 토종 양고기를 고르기 위해 꼭 필요한 조언은 구할 수 있을 테니 말이다.

　그런 문제는 좋은 친구와 이야기를 나누는 것으로 충분하다고, 치료를 받는 것은 불필요한 비용 낭비라고 말하는 사람도 있었다. 나는 그건 상황에 따라 다르다고 생각한다. 물론 잘 들어 주는 친구가 있기는 하다. 하지만 계속 재발하는 문제 때문에 친구의 에너지를 악용할 수는 없는 노릇이다.

만일 당신이 감정의 기복이 있는 타입이라면, 그렇다면 치료를 받아야 한다. 사생활을 극도로 지켜야 하는 타입이라면 이야기를 나눠라. 둘 다 숨을 크게 내쉬는 것과 다를 게 없으니 걱정 마라.

일단 어떤 문제를 인정해 버리고 나면 목발처럼 내내 그 문제를 끼고 다녀야 할 거라는 생각이 나를 숨 막히게 한다는 건 인정한다.

마누엘은 전문성을 발휘해서 내가 가진 문제들을 부분 부분 잘 분리하고 치료를 마친 다음 그것들을 하나로 다시 모아 주었다. 그런 과정을 통해 나는 내게 일어난 일들을 객관적으로 바라보게 되었고 폐경이 가져온 감정의 소용돌이에 휘말려 '욕조의 물을 버리려다 그 안의 아기까지 함께 버리는' 일을 피할 수 있었다. 이 말은 마누엘이 내게 알려 준 15세기 독일 속담이다. 마음이 격한 상태에서 행동을 취하다가 소중한 것까지 모두 함께 하수

조기 폐경이어도 괜찮다

구로 던져 버리지는 말라는 것이다. 약간의 조정을 거치거나, 시간이 좀 지나면 때로 조각이 스스로 맞춰지는 일도 있다. 즉 불편한 상황에 맞닥뜨리면 대담한 결정을 내리기에 앞서 일어난 일들을 사안 별로 잘 분리해서 보라는 의미이다.

정골 요법도 마찬가지이다. 인간의 몸은 각 부분이 상호 연결되어 있어서 특정 부분을 조정해 주면 신체 스스로 치유하는 능력 덕분에 모든 것이 제자리로 돌아오게 된다고 주장한다. 기본적으로는 뼈를 맞춰 순환계와 신경계가 유연하게 작용하도록 하면 자연치유력이 생겨 약이나 주사로 치료를 하지 않더라도 치유가 된다는 것이다.

이 방법을 발전시킨 사람은 19세기 미국의 외과 의사 앤드루 테일러 스틸(Andrew Taylor Still)이었다. 박사의 성 '스틸'은 정말이지 박사에게 잘 어울린다. 알다시피 스틸은 영어로 '차분한', '멈춰 선', '고요한'이라는 의미가 담겨 있다. 정골 요법은 아마도 '스틸 요법'이라고 불러도 완벽했을 것이다. 그런 이름을 붙였다면 약간 신뢰도가 떨어졌을 수도 있겠다. 하긴 본인으로서는 나르시시스트처럼 보인다고 생각했을 수도 있겠지. 하지만 멋졌을 텐데.

– 등이 좀 아파. 두통도 있고.

– 의사에게 가서 항생제를 처방해 달라고 해.

– 고마워, 하지만 난 스틸 요법으로 치료하는 게 더 좋아.


쓸모없는 것을 조정하고 닦아 내고 털어 버리는 것. 그렇게 안정을 되찾는 것. 충동적으로 단번에 이루어지는 것이 아니라 조금씩 조금씩. 정신 위생에 대한 충동과 요동치는 호르몬 때문에 욕조의 물을 버리려다 소중한 아기까지 함께 버리지 않도록 말이다.

사실 폐경은 당신 인생에서 성가셨던 모든 것을 제거해 버릴 기회를 제공한다. 고통스러운 과정일 수는 있지만, 방해가 많을수록 얻는 것이 많다. 당신이 직접 하지 않으면 폐경기가 당신을 위해 대신할 것이다. 그러면 아주 충동적으로 모든 일이 일어나도 당신은 받아들일 수밖에 없을 것이다.

나는 내 옷을 전부 선물로 줘 버리는 것에서 시작했기 때문에 이제 내 옷장에는 트렁크 두 개에 모두 들어갈 수 있을 만큼의 옷만 남아 있다. 그러자 나머지는 저절로 되었다.

나는 이제 순환 주기를 마감했고 걸림돌이 되었던 것들은 모두 버렸다. 이제 나는 완전히 새사람이 된 것 같다.

이제는 자유로운 날들

폐경을 모두에게 고백한 지 거의 4년이 흘렀다. 세상 모든 것이 그렇듯 그사이 내 모습도 천천히 변해 갔다. 처음에 나는 내 상황을 좋아하지 않았다. 내가 두려움 없이 맞설 수 있는 것 이상을 내게 강요했기 때문이다. 폐경은 내게 명령을 내렸고 나는 뭔가를 하라거나 하지 말라는 명령을 따른다는 사실이 끔찍했다.

폐경은 한동안 내게 외로움을 강요했다. 얼핏 당연한 일이기도 했다. 당신이 세우는 계획이 다른 사람들과 일치하지 않고, 다른 사람들 계획이 당신에게는 맞지 않는다. 상황이 점점 꼬여 거의 현기증이 날 지경이다. 그런 상황에서는 나를 챙기는 게 맞다. 폐경을 맞은 나를.

누가 봐도 이상한 날짜에 휴가를 신청했다. 파나마행 항공권을 샀다. 짜자잔, 그렇게 온전히 아무도 만나지 않았다. 파나마해협을 거치지 않고 그 나라에서 가장 한적한 해변으로 직행했다. 그때 생각은 가능하면 사람을 적게 만나는 곳이 좋았다. 파나마 해협은…… 유튜브로 보면 되지.

친구 알란이 나에게 시멘트 지붕을 얹은 오두막을 하나 빌려주었다. 싱크대에는 죽은 전갈이 뒹굴고 있고 밤이 되면 지붕 위를 돌아다니는 거대한 이구아나들의 발걸음 소리가 굉장했다. 나는 겁에 질렸다.

해변의 모래는 검은색이었고 물속에서는 쥐가오리가 다리를 물어 대는 통에 끊임없이 발을 흔들어야 했다. 나는 그곳에 이구아나, 쥐가오리, 전갈, 불도그와 함께 있었다. 그리고 서핑과 패러글라이딩을 접목한 카이트서핑 (Kite-surfing) 센터도! 순간 하늘을 날아 보는 것도 괜찮겠다는 생각이 들었다.

스무 살 남짓한 남자 둘이 카이트서핑 강습을 하고 있었다. 난 둘 중 하나를 선택했다. 사투리가 심하게 섞여 그의 말을 알아듣기 어려울 때도 있었지만, 조금씩 익숙해질 때마다 그가 "예에에에아아아아아아!" 하고 내지르는 소리가 어찌나 부드럽고 다정했던지 그와 수업을 할 때마다 저절로 힐링이 되는 것 같았다.

그때 난 탄자니아 여행을 떠올렸다. 그 여행에서 우연히 알게 된 챠이나라는 가난한 여자는 내 머리를 붙들고 그 크고 검은 눈으로 내 눈을 들여다보며 말했다.

– 울지 말아요, 울지 말아요, 그러면 머리가 아파요, 머

이제는 자유로운 날들

리가 아파요.(Don't cry, don't cry, it pains your head, it pains your head.)


눈물이 머리에 아픔을 줄 거라는 상상은 지혜롭기도 하고 또 약간은 샤머니즘적이기도 해 보였다.

그런데 카이프서핑 강사나 챠이나 같은 사람들과의 만남은 마법 같은 특별함이 있다. 다른 세대, 혹은 다른 문화에 속한, 너무나 가난해서 당신은 상상조차 해 보지 않았을 것들에 삶의 우선순위를 두고 사는 사람들, 그런 사람들을 통해 당신이 패러다임의 변화를 받아들일 수 있다면 그건 당신에게 큰 선물이 될 것이다.

나는 그렇게 울음을 멈추고 날기 시작했다.

날아오르기, 그리고 내 마음 돌보기…….

날아오르기, 그리고 내 마음 돌보기…….

마음-마음을 없애기. 생각하지 않고, 날아오르기, 더 멀리 날아오르기.

멋진 일이다.

나는 혼자서 아무런 계획 없이 일을 실행하기 시작했다. 내 삶을 살기 시작했다. 그러면서 삶 속에서 여러 가지를 만나게 되었다.

맥주와 또 내가 좋아하는 건강한 식품들로 냉장고를 채웠다. 폐경은 어떤 음식으로도 나를 살찌우므로 일주일에 한 번 나만을 위한 날을 정해, 집에서건 내가 좋아하는 레스토랑에서건 마음껏 먹기로 했다. 아무리 고급스러운 레스토랑이라도 요즘은 어디에나 1인용 테이블이 있다. 그렇게 매일, 언제나 나를 행복하게 하는 것들을 먹었다.

일주일에 한 번은 꼭 친구들과 만났다. 실컷 웃고 떠들고…… 이건 맛있는 요리를 먹은 것 같은 효과를 준다. 그동안 혼자 하기 어려워했던 것들의 목록을 만들어 실천에 옮겼다. 가고 싶었던 콘서트 목록을 작성해 혼자 가기도 했다. 입장권이 없어도 입술을 빨갛게 칠하고 전략을 잘 세워 끼어든다. 끼어들기만 하는 게 아니라 뻔뻔하게도 맨 앞줄로 가서 잘 맞지도 않는 음정으로 함께 노래를 불러 댔다.

어디서든 음원사이트로 노래를 들을 수 있도록 정액제에 가입해 용기를 북돋는 노래를 들었다.

우연히 영화 '대니쉬 걸'을 보게 되었다. 코펜하겐을 배

경으로 하는 이 영화는 명성을 떨치던 풍경화 화가가 역시 화가인 자신의 아내를 위해 여장을 하고 모델을 선 이후 내면에 숨겨진 여성적 본성을 발견하고 트랜스 젠더의 길을 가게 된다는 내용이다. 영화 속 실내장식이 너무도 화려해 코펜하겐에 꼭 가 보고 싶어졌다.

또 우연히 스페인 출신 밴드 베투스타 모를라의 '코펜하겐'을 들었다. 그리고 언제였는지 확실치 않지만, 비행기에서 코펜하겐에 관한 글이 실린 잡지를 본 적도 있다. 노래 가사 중에 '발길 닿는 대로, 좋은 말이지. 바람이 바다로 가는 길을 알려 주네'라는 부분이 나온다. 나는 곧 코펜하겐을 여행할 것이다.

분명 뭔가 좋은 일이 일어날 것 같은 예감이 든다. 왜냐하면 당신이 마음 깊이 느끼는 일을 행하고 또 일어나는 일들에 주의를 기울이면 세상 모든 일이 다르게 보이기 때문이다. 당신이라는 존재도 새로운 가치를 갖게 되고 더는 투명인간으로 있지 않게 된다. 그렇게 되면 이제 어디까지 당신의 자유를 희생할 준비가 되어 있느냐는 당신에게 달려 있다.

폐경이 잠잠해지고 호르몬이 완전히 바닥나 버리면 당

신이 집에 있건, 파나마에 있건 아니면 탄자니아에 있건
당신은 궁극의 자유를 갖게 될 것이기 때문이다.

이제는 자유로운 날들

부드러운

## 여성들을 위한 조언

· 당신만의 방식을 찾아라. 전문가와 상담하라. 여러 분야의 다양한 전문가들과 이야기를 나눠라.

· 애통해하라. 자신에게 허락된다고 생각하는 만큼.

· 자신을 성찰하라. 자신을 표출할 순간이 곧 닥쳐 올 것이다

· 치워 버려야 할 사람이 있으면 치워 버려라.

· 집도 치워라. 사람이 사는 데 필요한 물건은 생각보다 많지 않다.

· 남성과 잠자리를 지속하라.

· 여행하라. 같이 갈 사람이 없어도 좋다. 혼자 걸어가는 삶에서 자주 놀라운 일이 일어난다.

· 하고 싶은데 아직 하지 못한 것들의 목록을 만들어라. 그리고 그 중 할 수 있는 모든 것을 하라.

· 친구들과 외출하고 많이 웃어라. 아주 중요한 일이다.

· 천천히, 부드럽게 움직여라. 춤을 추거나 요가를 하거나 수영 혹은 산책을 하라. 어쨌거나 움직여라.

· 처진 당신의 엉덩이 치수에 맞는 청바지를 새로 사라.

· 빨간 립스틱을 발라라. 아니면 당신에게 맞는 여성적이고 섹시한 상징을 찾아 나서라.

## 남성들을 위한 조언

· 그녀를 사랑하라. 그리고 인내심을 가져라.

· 많은 공간을 그녀에게 양보해라.

· 잠자리에서 여성의 기분을 잘 살펴라.

· 러브젤을 사용하라. 그녀도 당신만큼이나 섹스를 원한다.

· 그녀가 달라졌다면 폐경이 왔을지도 모른다.

· 너무 애교를 부리며 어리광을 피우지 마라. 역효과가 날 수 있다.

· 살쪘다고 이야기하지 마라. 그녀도 알고 있다. 다만 스스로 조절
  할 수 없을 뿐이다.

· 공공장소에서 갑자기 열이 올라온다고 하면 티 안 나니 괜찮다
  고 말해 줘라.

· 바람을 피우고 싶다면 관계를 먼저 정리해라.

· 여자를 떠나려고 한다면, 꼭 그래야만 한다고 판단했다면 머뭇거
  리지 마라. 당신도 그녀도 변화를 맞게 될 것이다.

· 당신이 대단한 사람이라고 생각하지 마라.

· 남성에게도 갱년기가 찾아온다는 사실을 잊지 마라.

# 자기 자신을 알기 위한 조언

• 인간의 몸은 선천적으로 자가 치료 능력을 갖추고 있다. 그 과정
에서 영양뿐만 아니라 건강에 영향을 미치는 모든 요소, 다시 말
해 정신 상태와 영혼의 상태 그리고 사회관계 등이 중요한 역할을
한다. 이 모든 것을 돌봐야 한다. 당신 자신을 돌보고 자신의 응석
을 받아 주어라.

• 음식을 섭취하는 것과 영양을 섭취하는 것은 같지 않다. 선 채로
좋아하는 음식을 먹어 치우는 것은 잘 차려진 식탁에 앉아 시간
을 갖고 사랑하는 사람과 함께 음식을 먹는 것과 같은 기쁨을 선
사하지 못한다. 즐거운 상태로 음식을 섭취하라. 식사를 위한 당
신만의 의식을 창조하라. 매일 도시락을 사무실에 가져가서 먹는
다고 해도 말이다.

• 적당한 운동을 해라. 일주일에 세 번 정도가 이상적이다. 심혈관
계를 위한 운동은 물론 근력 운동도 병행해야 한다. 스스로 자신
을 사랑한다는 것을 기억하라. 만약 당신이 한 번도 운동해 본 적
이 없다면 이루지 못할 무리한 목표를 세우지는 마라. 분명 괴로
워질 것이다. 가능하다면 개인 트레이너에게 배워라. 비용을 감당
하기 어렵다면 그룹으로 할 수도 있다.

• 폐경기 식단은 너무나도 중요하다. 혼자 고안해 내지도 말고 남
들이 기적의 식단이라고 말하는 것을 따르지도 마라. 삶의 방식
을 새롭게 하는 데 집중하라. 그러면 모든 게 훨씬 더 단순해지고

강요받는 느낌도 덜하다. 그저 당신의 내부, 혈관과 뼈 그리고 뇌를 생각하라.

· 음식은 우리에게 연료와 마찬가지이다. 이제 당신의 엔진이 다른 종류의 연료를 필요로 하는 것뿐이다.

· 당신 몸이 20대 때 같지 않다는 사실은 이미 당신도 알고 있다. 그러니 설탕이나 지방을 과도하게 섭취하지 마라. 호르몬이라는 방패막이가 사라지면 설탕과 지방은 숨어 있던 몸 속의 뱀이 금방이라도 튀어나오게 한다.

· 만일 당신이 20대라면 지금부터 시작하라. 당신의 세포는 기억한다. 기왕이면 아름다운 기억을 남기는 것이 좋지 않은가.

## 식단을 위한 조언

· 제일 좋은 것은 식물성 단일불포화지방과 고도불포화지방이다. 모두 좋은 지방들이다. 버진 올리브유, 참기름, 아마유나 해바라기유 등이 여기에 속한다. 모든 식용유는 엑스트라 버진 그러니까 처음 짜낸 질 높은 기름, 또 냉압착유를 써라. 정제유는 원료가 올리브건 해바라기건 어떤 것이건 간에 좋지 않다. 그 기름으로 튀긴 음식 역시 나쁘다.

견과류나 아보카도, 아마씨나 호박씨, 깨나 해바라기씨 그리고 연어나 참치, 정어리, 숭어, 고등어나 청어 같은 생선도 질 좋은 지방을 함유하고 있다.

· 주의할 것! 참치, 청새치, 황새치, 상어보다는 정어리나 멸치, 전갱이처럼 크기가 작은 생선을 고르는 것이 좋다.

· 가장 좋지 않은 지방은 포화지방과 동물성지방이다. 당신이 그토록 좋아하는 도넛, 하몬의 기름기, 소시지와 햄버거, 버터와 튀긴 음식 등이다.

· 요리할 때 찌거나 철판 혹은 오븐에 굽거나 끓여라.

· 고기, 생선, 달걀, 우유 등과 같은 고단백 식품을 소비하라.

· 당신의 식단에 채소, 통곡물 견과류 같은 저단백 식품도 곁들여라. 칼슘은 섭취만큼이나 흡수도 중요하다는 것을 기억하라. 동물성 단백질은 피를 산성화하고 과도할 경우 간과 신장에 부담을 준다. 우리 몸이 칼슘과 미네랄을 제대로 흡수하도록 하기 위해서

는 과일, 채소, 씨앗류와 견과류처럼 알칼리화하는 식품을 섭취
하는 것이 좋다.

· 다양한 과일을 자주 섭취하라. 식사 전이나 식사 중에 먹는 것이
더 좋다.

· 채소나 섬유질이 풍부한 음식을 섭취하는 것이 변비 예방에 도
움을 준다.

· 브로콜리, 시금치 등 녹색 채소의 섭취를 늘려라.

· 달걀은 도파민을 함유한 좋은 식품이다. 도파민은 기분을 좋게 하
고 에너지, 균형감을 주며 주의력을 높여 주고 또 동기 부여에 도
움을 준다. 오전에 도파민이 풍부한 음식을 먹으면 졸음을 이길
수 있다!

· 아침 식사는 꼭 해야 한다!

· 친환경적인 음식을 섭취하려고 노력해야 한다. 지구상 모든 동물
이 호르몬과 항생제로 뒤범벅된 음식을 섭취하며 살아갈 위험에
처해 있다는 사실을 생각해 보라. 당신도 예외가 아니다.

· 가공 식품을 그만 먹어라. 음료수는 설탕이 뒤범벅된 가공 식품
이다.

· 녹말 성분이 많은 음식(감자, 완두콩, 옥수수)의 소비를 줄여라. 몸
속에 들어가면 설탕과 똑같은 역할을 한다.

· 물을 더 많이 마셔라. 적어도 하루 2ℓ는 마셔야 한다. 섬유질에 수
분을 공급해서 화장실 가기가 더 쉬워질 것이다. 그동안 마시던
음료수를 물이나 루이보스차, 길초근차, 설령쥐오줌풀뿌리차 같

은 것으로 대체해라. 그렇게 조금씩 새로운 습관에 익숙해져 가면 덤으로 불안감도 가라앉힐 수 있다.

- 햇살 아래 산책을 하는 것은 운동 효과도 있을 뿐만 아니라 비타민 D의 흡수를 돕는다. 뼈 건강에 필수적이다.
- 칼슘, 비타민 C, D 보조제를 먹을 때 꼭 상담을 받아라. 식단만으로는 우리 몸에 필요한 정확한 양을 섭취하기 어려울 때가 있다.[16]
- 다크 초콜릿을 먹어라. 항산화 작용을 한다.
- 담배를 끊어라.
- 술은 적당히 마셔라. 아황산염이 들어 있지 않은 고급 레드 와인 한 잔 정도는 항산화 작용도 하고 염증 억제 효과도 있다. 친구들과 함께 마시면 물론 더 좋다.

## 정신 건강을 위한 조언

· 정신과 의사를 찾아가는 것을 부끄럽게 생각하지 마라. 갱년기 여성들이 정신과 의사의 도움을 받아 호르몬 대체 요법으로는 완전히 치료할 수 없었던 안면홍조 증세나 심리적 섹스 저지 등을 완화할 수 있었다는 연구 결과가 있다.[14]

· 스트레스와 걱정은 증상을 악화시킨다. 어쩌면 당신은 명상이나 마음 챙김의 문제를 더 진지하게 고려해 봐야 할지도 모른다. 왜냐하면, 마음 챙김 명상이 스트레스를 줄여 주고 폐경기 증상을 완화하는 치료법으로 효과가 있다는 연구 결과가 있기 때문이다. 더불어 우울증이나 초조감과 같은 심리적 증상 개선과 관련해서도 좋은 결과를 보인다.[13]

· 모든 것은 다 지나가기 마련이다. 영원히 지속하는 것은 없다. 그러니 좋은 것은 오래 간직하고 나쁜 일은 상대적으로 생각하라. 그렇게 생각하면 한두 가지 스트레스는 떨쳐 버릴 수 있다.

· 모든 것을 제어하겠다는 생각을 버려라. 그건 환상에 불과하다. 계속 연습하라. 마음이 편안해질 것이다.

· 푹 자고 휴식을 취하라. 음식을 먹는 일에서도 당신만의 의식을 정하라. 말리아가 피코-피코를 하는 것처럼. 일정한 시간표를 지키고 한밤중에 깨어나거든 호흡하면서 명상하라. 잠들지 않아도 최소 7~8시간 침대에 누워 휴식을 취하라.

## 사회생활을 위한 조언

- 사회적 환경은 마치 내 앞에 차려진 식탁과도 같다. 보기 좋을수록 더 좋다. 게다가 뷔페처럼 다양한 음식이 가득하다면 당신에게는 기회가 많은 것이다. 하지만 늘 그럴 수는 없다. 항상 빠진 게 있는 것이 당연하다. 그러나 열심히 찾고 잘 확인해 보고 정성껏 선별하라.

- 사교 생활을 두려워하지 마라. 가끔은 당신의 무의식이 일하게 하라.

- 당신에게 이득이 되고, 취미를 공유할 수 있는 사람, 같은 취미를 가진, 그래서 그에 관해 이야기를 나눌 수 있는 사람과 어울려라. 모두 무언가에 열정을 지니고 있다. 그런데 아주 운이 좋은 몇몇을 제외하고는 열정과 우리의 밥벌이가 일치하지 않는다.

- 매일 마시는 와인 한 잔은 반드시 누군가와 함께 마셔라. 건강하기 위해서는 영양 섭취뿐만 아니라 관습과 문화에 맞게 음식을 먹는 즐거움도 필수라는 사실을 기억하라.

# 참고 문헌

**1** BIBLIOTECA NACIONAL DE MEDICINA DE LOS EE. UU. *MedlinePlus. Información de salud para usted.* «Glándulas endocrinas» [en línea]. Última actualización 26/10/2017. <https://medlineplus.gov/spanish/ency/esp-imagepages/1093.htm>

**2** INSTITUTO DE SALUD INTEGRATIVA Y CONSCIENTE. ABANADES, S.; BRAVO, M.; GARCIA, I. [en línea]. <http://isic-bcn.com/servei/medicina-integrativa-la-medicina-del-siglo-xxi/>

**3** INSTITUTO NACIONAL DE ESTADÍSTICA. *Mujeres y hombres en España. Salud. Esperanza de vida* [en línea]. Actualizado 4/7/2017. <http://www.ine.es/ss/Satellite?L=es-ES&c=INESeccion-C&cid=1259926380048&p=1254735110672&pagename=ProductosYServicios/PYSLayout>

**4** GARCÍA, P. «Los tratamientos hormonales en la menopausia». Barcelona: Instituto Dexeus Mujer, 2017.

**5** KARGOZAR, R.; AZIZI, H.; SALARI, R. «A review of effective herbal medicines in controlling menopausal symptoms» [en línea]. *Electron Physician*: 2017, Nov 25; 9(11):5826-5833.

**6** FATTAH, A. «Effect of phytoestrogen on depression and anxiety in menopausal women: A systematic review» [en línea]. *J Menopausal Med*. 2017 Dec; 23(3): 160-165.

**7** SARRIS, J. «Herbal medicines in the treatment of psychiatric disorders: 10-year updated review» [en línea]. *Phytother*

*Res.* 2018 Mar 25.

**8**   BROWN, AC.« Liver toxicity related to herbs and dietary supplements: Online table of case reports. Part 2 of 5 series» [en línea]. *Food Chem Toxicol.* 2017 Sep; 107(Pt A):472-501.

**9**   LAAKMANN, E.; GRAJECKI, D.; DOEGE, K, ZU EULEN-BURG, C.; BUHLING, KJ. «Efficacy of Cimicifuga racemosa, Hypericum perforatum and Agnus castus in the treatment of climacteric complaints: a systematic review» [en línea]. *Gynecol Endocrinol.* 2012 Sep; 28(9):703-9.

**10**   COMHAIRE, FH.; DEPYERE, HT. «Maca (*Lepidium meyenii*) for treatment of menopausal symptoms: A systematic review» [en línea]. *Maturitas.* 2011 Nov; 70(3):227-33. doi: 10.1016.

**11**   BROOKS, NA.; WILCOX, G.; WALKER, KZ.; ASHTON, JF.; COX, MB.; STOJANOVSKA, L. «Beneficial effects of *Lepidium meyenii* (Maca) on psychological symptoms and measures of sexual dysfunction in postmenopausal women are not related to estrogen or androgen content» [en línea]. *Menopause.* 2008 Nov-Dec; 15(6):1157-62.

**12**   SIMOPOULOS, AP. «The importance of the omega-6/omega-3 fatty acid ratio in cardiovascular disease and other chronic diseases» [en línea]. *Exp Biol Med (Maywood).* 2008 Jun; 233(6):674-88.

**13**   VAN DRIEL, C.; STUURSMA, AS.; SCHROEVERS, MJ.; MOURITS, M.; DE BOCK, GH. «Mindfulness, cognitive behavioural and behaviour-based therapy for natural and treatment-induced menopausal symptoms: a systematic review and meta-analysis» [en línea]. *Bjog.* 2018 Mar 15.

**14**   WONG, C.; YIP, BH.; GAO, T.; LAM, KYY.; WOO, DMS.; YIP, ALK. [*ET AL.*]. «Mindfulness-Based Stress Reduction (MBSR) or Psychoeducation for the Reduction of Menopausal Symptoms: A Randomized, Controlled Clinical Trial» [en línea]. *Sci Rep.* 2018 Apr 26; 8(1):6609.

**15**   FIOLKOVÁ, K.; BIRINGER, K.; HRTÁNKOVÁ, M.; FIOLKA, R.; DANKO, J. «Coeliac disease as a possible cause of some gynecological and obstetric abnormalities» [en línea]. *Ceska Gynekol.* Winter 2016; 81(6):470-476.

**16**   NATIONAL INSTITUTES OF HEALTH. OFFICE OF DIETARY SUPPLEMENTS. «Calcium» [en línea]. Updated: March 2, 2017. <https://ods.od.nih.gov/factsheets/Calcium-HealthProfessional/>

# 서른아홉에 폐경이라니

**초판 1쇄 펴낸날** 2019년 8월 26일

지은이 카를라 로마고사
옮긴이 성초림
펴낸이 조은희
편집 한해숙, 오선이
디자인 최성수, 이이환
마케팅 박영준
온라인 마케팅 정보영
경영지원 김효순
제작 정영조, 박지훈

펴낸곳 ㈜한솔수북
출판등록 제2013-000276호
주소 03996 서울시 마포구 월드컵로 96 영훈빌딩 5층
전화 02-2001-5822(편집) 02-2001-5828(영업)
전송 02-2060-0108
전자우편 isoobook@eduhansol.co.kr
블로그 blog.naver.com/hsoobook
인스타그램 delere_book

ISBN 979-11-7028-294-5 03870

**딜레르**

비우고 덜어냄을 통해 자신을 발견하고 새롭게 채워 가는 책을 만듭니다.
delere는 라틴어로 버리다, 줄이다. 없애다라는 의미를 담고 있습니다.

한솔수북 블로그

딜레르 인스타그램